JOHN LE CARRÉ

ENDSTATION

WILHELM HEYNE VERLAG

MÜNCHEN

HEYNE ALLGEMEINE REIHE
Nr. 01/8416

Titel der Originalausgabe
END OF THE LINE
Aus dem Englischen übersetzt
von Hubert von Bechtolsheim
und Marianne de Barde

2. Auflage

Copyright © 1969 by Le Carré Productions
Copyright © 1985 by Verlag Kiepenheuer & Witsch, Köln
Wilhelm Heyne Verlag GmbH & Co. KG, München
Printed in Germany 1992
Rückseitenillustration: Franta Provaznik, Oxford
Umschlaggestaltung: Atelier Ingrid Schütz, München
Satz: Schaber, Satz- und Datentechnik, Wels
Druck und Bindung: Ebner Ulm

ISBN 3-453-05633-7

Personen

Paul Bagley
Alfred Frayne

Bahnbeamter
Schlafwagenschaffner

Ältere Dame
Vertreter
Mehrere gleichaltrige Männer im Zugabteil
Liebespaare
Soldaten
Postsortierer
Mädchen am Büfett
Gruppe Schulkinder
Fahrdienstleiter

Edinburgh, Bahnhof

Bahnsteig eins. Kurz vor zweiundzwanzig Uhr. Der Nachtexpreß nach London vor der Abfahrt.
An der Sperre steht — atemlos — ein bescheiden wirkender, blonder, gutaussehender junger Mann in makelloser geistlicher Kleidung. Er klopft mit der bekannten Bewegung der Schusseligen seine Taschen ab. Sein schwarzer Handkoffer steht neben ihm. Das Schild am Koffer besagt: ›The Rev. P. Bagley‹.
Bagley hat eine einnehmende, sanfte, entgegenkommende Art. Eine widerspenstige Stirnlocke macht ihm ein wenig zu schaffen. Er ist kräftig gebaut, betont es aber nicht. Der schottische Bahnbeamte beobachtet ihn ungerührt.

BAGLEY   Eben hatte ich sie noch in der Hand. Ich habe sie ja gerade erst gelöst. Da drüben, am Schalter. Du liebe Zeit, entschuldigen Sie.
BAHNBEAMTER   Uh-hu.
BAGLEY   Sie können mich nicht durchlassen, was?
BAHNBEAMTER   Wenn Sie Ihre Karte gefunden haben.
BAGLEY   *Noch immer verzweifelt suchend:* Das kam

ganz plötzlich mit der Reise. Sonst hätte ich mir die Karte früher besorgt.

BAHNBEAMTER Ja, ja ...

BAGLEY Oh, lassen Sie mich doch durch!

Auf dem Bahnsteig entfaltet der Fahrdienstleiter seine grüne Flagge und gibt ein Signal auf seiner Trillerpfeife. Wie inspiriert von dem Pfiff entdeckt Rev. Bagley seine Karte. In der Westentasche.

BAGLEY So was! *Schüchternes Lachen.* Ich habe mich noch nicht an meine Weste gewöhnt ... Noch zu neu ...

BAHNBEAMTER *Knipst die Karte:* Jetzt aber los! Und ins nächste Abteil!

Bagley dürfte die Bemerkung kaum noch gehört haben. Er schießt durch die Sperre, fällt ums Haar über ein Bündel gegen einen Pfeiler gelehnter knallroter Skier und fegt am Zug entlang.

Im Zug richten sich die Reisenden auf die Nachtfahrt ein. Eine ältere Dame legt ihren Schmuck an und runzelt die Stirn vor einem unsichtbaren Spiegel. Ein Vertreter greift in seinen Vulkanfiberkoffer im Gepäcknetz, wickelt aus einem gebrauchten Hemd eine Flasche Whisky, zieht dann das Rollo vor dem Fenster herunter. Bagley stürmt vorbei. Ein Schlafwagenschaffner sieht ihm vom Trittbrett seines Wagens aus nach.

SCHLAFWAGENSCHAFFNER Steigen Sie ein, Padre. Ihr Bett können Sie nachher suchen. *Die Lokomotive pfeift warnend.* Schnell! Machen Sie zu!

Wieder die Trillerpfeife, aber der agile Bagley strebt

unbeirrt den vorderen Wagen des Zuges zu. Nur einmal verlangsamt er für einen Augenblick sein Tempo: Er kommt an einem Zweiter-Klasse-(Nichtschlaf)-Wagen vorbei, vollbesetzt mit merkwürdig militärisch wirkenden Männern, die alle gleich alt sind, alle dunkelblaue Regenmäntel tragen. Die Männer sitzen schweigend da, wie Leichenbestatter, die darauf warten, gerufen zu werden. Eine Andeutung kollektiven Sich-Erkennens, eine Sekunde verschwörerischen Einverständnisses — Bagley nickt, kaum merklich, das Nicken wird erwidert. Noch immer hat sich der Zug nicht in Bewegung gesetzt. Wartet er auf Bagley? Bagley ist vor dem ersten Wagen stehengeblieben. »Reserviert«-Schilder hängen hinter jedem der Fenster. Im Umkreis scheint jetzt plötzlich alles Bagley zu beobachten: Liebespaare auf den Bahnsteigbänken, Soldaten, die lustlos ihre Ausrüstung dahinschleppen, die Postsortierer, die Mädchen am Büfettwagen, sogar, mit plattgedrückten Nasen an den Scheiben eines Zweiter-Klasse-Schlafwagens, eine Gruppe von Schulkindern. Was hat der junge Pfarrer vor?

SCHAFFNER *Von weiter hinten:* Da können Sie nicht hinein! Der ganze Wagen ist besetzt. Reserviert.

Bagley versucht, den Türgriff zu drücken. Die Tür ist verschlossen. Er holt einen Vierkantschlüssel aus der Tasche seines schwarzen Mantels, steckt ihn ins Schloß, dreht ihn energisch um.

BAGLEY   Danke. Es geht schon.
Er öffnet die Tür mit jugendlichem Schwung, klettert leichtfüßig das Trittbrett hinauf und kommt im gleichen Moment oben an, in dem der Zug sich ruckend und pufferstoßend in Bewegung setzt.
Der Zug gewinnt an Fahrt, die Lichter entschwinden, die Stadt entgleitet wie eine magische Insel sanft in die Nacht. Bagley schließt das Fenster der Tür, steckt seinen Vierkantschlüssel in die Jackentasche, streicht sich das Haar vor dem spiegelnden Fenster glatt, zieht eine Nummer des »Cricketer« aus der Manteltasche, klemmt sie sich unter den Arm, nimmt seinen Koffer auf und geht den leeren Gang entlang, um sich dort einen Platz zu suchen.
Die ersten drei Abteile sind leer; Bagley geht an ihnen vorbei. Beim vierten angelangt, hält er inne, setzt den Koffer ab und späht hinein: Ein einzelner Reisender, von Kopf bis Fuß in Grau gekleidet, sitzt in einer Ecke und starrt auf die Polster gegenüber. Obwohl der Mann, wenn auch nur aus dem Augenwinkel, zumindest den Schatten des ihn beobachtenden Bagley gesehen haben muß, zeigt er nicht den leisesten Anflug von Interesse.
Ein größerer Gegensatz als der zwischen den beiden Männern ist kaum denkbar. Bagley ist eine handfeste Erscheinung. Sein Blick, anfänglich so fügsam, ist jetzt wach und prüfend. In seinen hellen Augen unter der eigensinnigen Locke lauert ungeduldige Intelligenz. Der junge Mann ist trotz seines stren-

gen schwarzen Gewandes unleugbar aus Fleisch und Blut und von dieser Welt. Im Vergleich zu ihm hat der Mann in Grau so gut wie keine Substanz. Sein Gesicht, eckig wie sein ganzer Körper, ist mit spitzen geometrischen Mustern ohne Zentrum und Ziel überzogen. Er hockt krumm in seiner gepolsterten Ecke und gleicht einem jener Rieseninsekten, die plötzlich aus einer Sommerwiese hochspringen und abschwirren. Seine eingesunkenen Augen, die durch die Schatten des spärlichen Leselichts noch tiefer zu liegen scheinen, sind Pforten zu einer Terra incognita. Nur eine ausgemergelte Hand auf der Armlehne des Sitzes protestiert mit nervösem Zucken gegen die Reglosigkeit ihres Besitzers. Bagley zieht die Tür auf und betritt das Abteil — der Mann in Grau wendet ihm den Blick zu.

BAGLEY Guten Abend. *Der Mann in Grau starrt ihn ungläubig-schweigend an.* Sind die Plätze hier noch frei? Oder sitzt da jemand? *Bagley sieht sich die Schilder über den Sitzen an.* Edinburg ... Edinburgh ... Edinburgh ... Ich glaube, das kann ich doch riskieren, wie? Die Herrschaften haben es ja offenbar nicht geschafft.

FRAYNE* *Stimme ist ihm als einziges in einem Geisterzug noch geblieben.* Welche Herrschaften?

BAGLEY Die Leute, die die Plätze reserviert haben.

---

* Sein Name wird hier, obwohl er erst später eingeführt wird, von Anfang an gebraucht.

FRAYNE Ach die. Nein, ich glaube nicht, daß sie es heute abend noch schaffen.

Bagley hievt sein Gepäck neben das von Frayne ins Netz. Sein schwarzer Koffer ist Standardausrüstung für Geistliche. Fraynes Koffer ist aus Kunstleder und mit eingeprägtem Königlich-Englischen Wappen geschmückt, ebenfalls schwarz. Geschickt-unauffällig liest Bagley das Schild am Griff, setzt sich dann, schlägt seinen »Cricketer« auf und beginnt zu lesen.

FRAYNE *Unveränderter starrer Blick:* Die Wagentür war verschlossen.

BAGLEY *Sieht auf:* Pardon?

FRAYNE Sie schließen ab, wenn ich eingestiegen bin. Immer.

BAGLEY Heute nicht.

FRAYNE Doch. Heute auch.

BAGLEY Tja, *ich* hatte keine Schwierigkeiten, kann ich nur sagen.

Schweigen. Bagley widmet sich wieder seiner Zeitschrift.

FRAYNE Hm, also auf Wiedersehn in London.

BAGLEY Wie bitte?

FRAYNE Auf Wiedersehn in London. Unserm Ziel. Wiedersehn. Sie haben ja Ihre Zeitung. Also lesen Sie nur.

BAGLEY *Legt die Zeitschrift jungenhaft verlegen weg.* Tut mir leid — ich wollte nicht unhöflich sein.

FRAYNE Wieso denn, wieso denn? Sie platzen hier rein, fangen eine Unterhaltung an, drehen dann den Hahn wieder zu: Wer bin ich denn, um mich zu beschweren?

BAGLEY Aber wenn Sie sich unterhalten wollen, unterhalten wir uns doch.

Frayne streicht sich mit der Hand übers Gesicht, als wolle er sich der eigenen Konturen vergewissern. Dann hält er beide Hände vor sich, sieht sie an, läßt sie fallen, wiegt leicht den Kopf gegen das Rückenpolster. Schließlich:

FRAYNE Verzeihung. Ich bin etwas gereizt.

BAGLEY Schon gut.

FRAYNE Sie sind der erste Weiße, mit dem ich seit vier Wochen spreche, müssen Sie wissen. Ich komme mir allmählich vor wie ein fahrender Robinson. Leicht schreckhaft. Angst vor der eigenen Stimme. Vor Fußabdrücken. Ich war einmal ein ganz amüsanter Mensch. Tempi passati. Ich kann nicht winken, ich muß ertrinken. Jemand in meiner Situation liest eine Menge Gedichte.

BAGLEY Ich verstehe.

FRAYNE *Indigniert:* Was verstehen Sie?

BAGLEY Daß Sie sich gestört fühlen.

FRAYNE *Wütend:* Ungestört, ungestört! Das ist das Elend. Völlig ungestört! Seit vier Wochen. Probieren Sie das mal — wieder reinzukommen, wenn man schon weg vom Fenster war. Wer sind Sie?

BAGLEY Ein Geistlicher. Ein englischer Geistlicher.

FRAYNE Eben.
BAGLEY Eben.
FRAYNE Sie haben mich an ihn erinnert, verstehen Sie. Das ist das Dumme. An jemand, den ich gut gekannt habe. Ein vergnügter Kumpel. Ich dachte, Sie seien wie er.
BAGLEY Und wer ist der Besagte?
FRAYNE Sie kennen ihn nicht, meinen Freund, oder?
BAGLEY *Nach langer Pause:* Nicht persönlich. Wie heißt er?
Frayne stiert auf das dunkle, beschlagene Fenster, malt darauf.
FRAYNE Man hat Sie nicht zufällig geschickt?
BAGLEY *Zögert:* Wie?
FRAYNE Beordert, beauftragt, geschickt, gesandt.
BAGLEY Tja, wir glauben alle gern, wir seien berufen ... und einige von uns, wohl auch, ja ... auserwählt.
FRAYNE *Immer noch ins Fenster:* Mein Vater war Geistlicher. Pfarrer, wissen Sie. Baptist. Ein sehr religiöser Mann. Daß wir am Sonntag im Sand spielten, kam nicht in Frage. Da rauschte das Harmonium. Aniskuchen ... Großer Prediger vor dem Herrn, mein Vater ... ganz groß. Sie sind Anglikanische Kirche, nehme ich an?
BAGLEY Ja.
FRAYNE Verschiedene Filialen, *eine* Hauptverwaltung — so ähnlich, wie?
BAGLEY Sehr hübsch.

FRAYNE Aber die Kirche hat Sie nicht geschickt. Hierher? Zu mir?
BAGLEY Nein.
FRAYNE M I 5 auch nicht?
BAGLEY Nein.
FRAYNE CIA?
BAGLEY Nein.
FRAYNE Hören Sie mir überhaupt zu?
BAGLEY Und ob.
FRAYNE *Frayne wendet sich vom Fenster ab, mit Nachdruck:* Dann will ich Ihnen mal was verraten. Als ich das letzte Mal in Edinburgh war, habe ich Ihre Majestät die Königin gesehen, mit ihrem ganzen Gefolge.
Schweigen.
BAGLEY Ah, ja.
FRAYNE *Lauter:* Mit ihrem ganzen Gefolge. Klingelt nichts?
BAGLEY Bei einem offiziellen Anlaß?
FRAYNE *Mit ihrem Gefolge.* Na, was sagen Sie? Mit ihrem ganzen prächtigen Gefolge. Kindern, Kammerfrauen, Kammerherren, Leibwachen, Hofnarren. *Ihr ganzes Gefolge.*
Schweigen. Bagley kommt sichtlich nicht mit. Frayne gibt auf.
FRAYNE Tja, das wäre das. Jetzt lesen Sie weiter, und ich denke weiter.
Bagley, leicht verwirrt lächelnd, nimmt sich wieder seine Zeitschrift und fährt fort zu lesen. Frayne wendet sich erneut dem Fenster zu, auf dem er das

Labyrinth seines komplizierten Innenlebens nachzeichnet.

FRAYNE Hier pflegten sich einmal allerhand Leute zu treffen, hier in diesem Zug, früher in der alten Zeit — ein hochinteressanter Querschnitt der Menschheit, möchte ich sagen.
Höflich, in sein Schicksal ergeben, legte Bagley gutmütig seine Zeitschrift wieder beiseite.

FRAYNE Lehrer, Professoren, Anwälte ... sogar ein Filmstar. Bryanston hieß er. Jock Bryanston. Er soll sehr beliebt gewesen sein — unter *afficionados*. Fast so etwas wie ein Club war das hier. Für mich ein verläßlicher Stützpunkt für zwischenmenschlichen Kontakt.

BAGLEY Sie sind wohl häufig auf dieser Strecke unterwegs?

BAGLEY Zweimal wöchentlich. Dienstags hinauf, donnerstags hinunter. Außer, wenn ich auf Urlaub bin. Seit fünf Jahren mache ich das jetzt schon — ich kenn's schon gar nicht mehr anders. Eine richtige Gewohnheit, falls Sie verstehen, was ich meine. Ja.

BAGLEY Ich wundere mich nur, daß Sie nicht Schlafwagen nehmen.

FRAYNE Ich lasse mich nicht gern in liegender Stellung verfrachten.

BAGLEY Nein. Nein, keiner von uns hat es eilig, ins Paradies zu kommen.

FRAYNE Charlie hat auch immer gemeint, nimm Schlafwagen und mach's dir bequem. Aber ich habe es nie getan. Abgesehen von allem anderen, lag mir zuviel an den Gesprächen, die sich hier so ergaben. Bis sie die Versorgung abschnitten.

BAGLEY Wer? Wer schnitt was ab?

FRAYNE Ihre Leute vielleicht, dachte ich. *Schweigen.* Sie haben gewissermaßen hinausreserviert, irgend jemand. Seit Charlie verschwunden ist. Mich in Schweigen eingefroren. Plätze reserviert, Wagentür zu ... Sie haben mir die Wärme des menschlichen Kontakts entzogen. Das ist nämlich mit mir los: Entziehungssymptome. Ich meine, menschliche Gesellschaft ist eine Droge, man kommt nicht davon los. Habe ich recht? Ich jedenfalls halte sie für eine wichtige, schmerzstillende Droge. Und besonders süchtig machend. Nicht einmal der Schaffner kommt mehr zu mir. Ich werde gemieden. Deswegen war es eine ziemliche Überraschung, als Sie kamen. Deswegen frage ich mich, was Sie hier wollen.

BAGLEY *Schließlich:* Ich habe das Gefühl — verzeihen Sie, bitte —, daß Sie mich doch sehr mit Ihrem Freund Charlie in Verbindung bringen. Ist das nicht etwas unfair?

Frayne hat ein Spinnennetz gezeichnet, er zeigt zu einer Ecke am äußeren Rand.

FRAYNE Das bin ich. *Er zeigt auf die Spinne im Netz:* Und das sind Sie.

BAGLEY *Scharf:* Das finde ich sehr geschmacklos.

Ich habe keinerlei Bedürfnis, Sie zu verspeisen. *Er nimmt wieder seine Zeitschrift zur Hand.*

FRAYNE *Hastig:* Bleiben Sie, bleiben Sie, ich habe ja nur Spaß gemacht. *Nach einer Pause, als Bagley die Zeitung wieder weglegt, erklärend:* Wir leben in etwas seltsamen Zeiten. Man weiß doch nie genau, mit wem Sie sprechen. Was sie mit Ihnen vorhaben, sozusagen. Für wen Sie arbeiten ...

BAGLEY Für wen *ich* arbeite?

FRAYNE Nichts gegen Sie. Nicht persönlich gemeint. Nein, aber es gibt Mächte, das ist es. Die stecken in Wirklichkeit dahinter. Bei allem.

BAGLEY Und um das Wirken dieser Mächte zu verstehen, suchen wir den Beistand der Kirche. *Schweigen.* War Charlie religiös?

FRAYNE O nein.

BAGLEY Das können Sie so sicher sagen?

FRAYNE Ich weiß zufällig, daß er als Atheist aufgewachsen ist.

BAGLEY In England sicher nicht ganz einfach gewesen, wie? Die Religion ist doch so sehr Teil unseres gesellschaftlichen Lebens.

FRAYNE Aber er ist ja kein Engländer, oder? Das wissen Sie doch schon. *Frayne wischt das Spinnennetz weg, wendet sich wieder Bagley zu.* Eine andere Erklärung für Ihre Anwesenheit — und mir die liebste — wäre, daß Sie von der Britischen Eisenbahn eingeschleust worden sind. Das ist nicht so dumm, wie es klingt.

Ich habe mich nämlich über meine Isolierung beschwert, aufs schärfste. Schriftlich. Ich habe sowohl an meinen Abgeordneten wie auch an die Direktion der Britischen Eisenbahn wiederholt geschrieben. Ich war ihnen ein Dorn im Fleisch, wie man so sagt. Ich würde Ihnen gern die Korrespondenz zeigen — nur habe ich sie in London. Also ich kann mir gut vorstellen, daß sie jemanden losschicken, um mich ... zum Schweigen zu bringen. Als eine Art Gesprächspartner-Ersatz, der meine Beschwerden gegenstandslos machen soll.

BAGLEY *Mit einem kleinen Lachen:* Das ist allerdings eine Funktion, in der ich mich bisher noch nicht gesehen habe, das muß ich schon zugeben. Für wen arbeiten Sie denn?

FRAYNE Ich stehe im Staatsdienst. Wissenschaftler. Planstelle.

BAGLEY Eijeijei — da fühle ich mich aber geehrt.

FRAYNE Computer-Mathematik, genauer gesagt.

BAGLEY Heißt das, Sie gehören zu einem bestimmten Ministerium?

FRAYNE Verteidigung. Geheimstufe-Drei-Arbeit de facto. Heikle Sachen.

BAGLEY Und das Ganze spielt sich in Schottland ab oder in London?

FRAYNE Sowohl als auch. Whitehall und die nördlichen Gefilde, das ist mein Weg. Jemals von Glengerry gehört?

BAGLEY   Die Atomforschungsanlage. Natürlich. Ach so. Deswegen haben Sie gefragt, ob ich von M I 5 bin.
FRAYNE   Beziehungsweise CIA oder was auch immer. Na ja, wo Interessen der nationalen Sicherheit auf dem Spiel stehen, entfalten die ja bemerkenswerte Aktivität, oder?
BAGLEY   Da bin ich überfragt.
FRAYNE   Spielen Sie bei mir nicht den Unschuldigen, mein Junge. Und kommen Sie mir auch nicht gönnerhaft. Wer mich an sein Herz drücken wollte, hat bisher noch immer zu seinem Schaden entdeckt, daß ich eine Art Feigenkaktus bin. Jawohl. *Langes Schweigen.* Wo kaufen Sie solche Schuhe? Ohne Schnürsenkel?
BAGLEY   In Schuhgeschäften.
FRAYNE   London?
BAGLEY   Ja.
FRAYNE   Sind Sie dort tätig? In London?
BAGLEY   Hampstead. All Saints Church. Hatte Charlie die gleichen Schuhe?
FRAYNE   Die gleichen Schuhe ... das gleiche Alter. Das gleiche Haar. Wirklich erstaunlich. Wozu tragen Sie sie?
BAGLEY   Wenn ich so in meiner Gemeinde herumtrabe.
FRAYNE   Waren Sie auf einer Public School?
BAGLEY   Ja.
FRAYNE   Eton? *Bagley nickt.* Und dann Universität?

BAGLEY   Nein, ich bin durch die Prüfung gefallen.
FRAYNE   Was war mit Dad?
BAGLEY   Dad ist leider tot.
FRAYNE   *Betroffen:* Oh. Oh, Entschuldigung.
BAGLEY   Schon gut, er ist seit über zwanzig Jahren tot. *Schweigen.* Übrigens, ich heiße Bagley. Paul Bagley.
FRAYNE   Erzählen Sie, Bagley — was haben Sie denn in Schottland gemacht?
BAGLEY   Die Beichte einer beladenen Seele gehört. *Langes Schweigen.*
FRAYNE   Jemand, den ich kenne?
BAGLEY   Ein Mädchen. Ich glaube, sie fühlt sich jetzt erleichtert.
FRAYNE   Da hat man Sie aber einen weiten Weg geschickt. Nur für eine Beichte.
BAGLEY   Oh, dafür ist uns kein Weg zu lang.
Der fahrende Zug beherrscht jede Gesprächspause. Es ist ein schneller, schüttelnder, schlingernder, geräuschvoller, unaufhaltsamer Zug.
FRAYNE   Bei mir läuft nichts mehr richtig. Ich stelle nichts mehr dar. Ich könnte genausogut Luft sein.
BAGLEY   Das Gefühl kennen wir alle.
FRAYNE   Ich rede nicht von einem Gefühl. Ich rede von einer Tatsache. Und es ist nicht nur dieser Zug, es ist mein ganzes Leben.
BAGLEY   Weil Charlie nicht mehr da ist?
FRAYNE   Ich habe den Mann geliebt. *Schweigen.*

Wie auch immer, daß so was passieren kann, mir nichts, dir nichts, innerhalb von vier Wochen — man möchte es nicht für möglich halten. Daß ein Mensch einfach so weg vom Fenster ist und kein Hahn nach ihm kräht ...

BAGLEY Tja, wenn Sie ihn natürlich wirklich geliebt haben ...

FRAYNE Ich rede nicht von Liebe. Ich rede nicht von Charlie. Ich rede von meinen Rosen. Donnerstag abend. Vor vier Wochen. Ich hatte nichts von Charlie gehört, er hatte sich nicht gemeldet — ich war kribbelig, ja, das gebe ich zu. Und im Ministerium hatte ich auch so 'nen Tag hinter mir. Da nennen sie mich »Langohr«, wissen Sie, weil ich so melancholisch bin.

BAGLEY Ah, das sollten die aber nicht tun.

FRAYNE *Braust auf:* Die tun viel, was sie nicht tun sollten. Mich nicht bei der Teepause schneiden. Mir nicht meine Geheimakten vorenthalten. Mir nicht die kalte Schulter zeigen, nicht den Kopf auf den Gängen wegdrehen, als ob ich ein widerlicher Anblick wäre ... Und mein Telefon sollten sie mir auch nicht stillegen, oder? Und mir nicht die Bleistifte vom Schreibtisch wegnehmen. Und mich nicht allein in der Kantine sitzen lassen, auch wenn's proppenvoll ist!

BAGLEY Vielleicht haben Sie ihnen Anlaß gegeben.

FRAYNE *Ruhiger:* Wie denn?
BAGLEY Vielleicht haben Sie sie enttäuscht. Verärgert. Vielleicht einmal etwas zuviel gesagt? Ich meine, ich nenne nur Möglichkeiten — nicht, daß ich etwas behaupten möchte.
FRAYNE Achtzehn elende Jahre bin ich jetzt schon dabei.
BAGLEY Haben *Sie* sie vielleicht verraten? Verstehen Sie — könnte es an Ihrem eigenen Gewissen liegen, daß Sie das Gefühl haben, diese Dinge passieren um Sie herum?
FRAYNE Ich habe nichts auf dem Gewissen. Ich bin auch kein Moralapostel. Ich habe keine gesellschaftlichen Vorurteile.
Schweigen.
BAGLEY Erzählen Sie von Ihren Rosen.
FRAYNE Das einzige, was ich auf dem Gewissen habe, sind achtzehn Jahre loyalen Dienstes, verschwendet an eine Bande von abgewirtschafteten nepotistischen Großköpfen.
BAGLEY Vielleicht haben Sie sie Ihre Verachtung spüren lassen.
Schweigen.
FRAYNE Jetzt haben Sie mich.
BAGLEY Die Rosen.
Schweigen.
FRAYNE Ich ging an jenem Abend zu Fuß nach Hause. Weil ich an einem bestimmten Ort vorbeigehen und nachsehen wollte, ob da irgendein Lebenszeichen von Charlie war.

BAGLEY Wo wollten Sie nachsehen?
FRAYNE Ich machte mir Sorgen um ihn. Weil ich nichts gehört hatte. Und dann komme ich zu meinem Haus in Battersea. Nummer elf, jawohl. Ein Sommerabend. Und ich erkenne es nicht wieder.
BAGLEY Wieso?
FRAYNE Es war neu angestrichen worden. Grasgrün. Und hatte neue Vorhänge. Ein neues Gartentor. Was Sie wollen.
BAGLEY Ist das so ungewöhnlich?
FRAYNE Sie kennen Mrs. Partridge nicht. Der kommt sowenig in den Sinn, das Haus anzustreichen, wie mir einen Rolls Royce zu spendieren. Seit sechs Jahren bitte ich sie um einen neuen Treppenläufer. Jedenfalls, da stand ich ... erschüttert, völlig erschüttert, als ich meine Rosen sehe. Weg. *Schweigen.*
Diese Rosen waren das einzige, was mich dort gehalten hatte. Das einzige. Außer an Charlie lag mir an niemandem und nichts auf der Welt als an diese Rosen.
BAGLEY Auch nicht an Mrs. Partridge?
FRAYNE Ich weiß schon, was Sie meinen. Einmal, ein einziges Mal, habe ich einen fatalen Fehler bei dieser Frau gemacht. Und den werde ich mein Leben lang bereuen. Ich habe ihr Geschlechtsverkehr mit mir erlaubt. Seitdem nimmt sie sich zuviel heraus. Denken Sie, sie hat Charlie gehaßt. Mehr als mich, wenn möglich.

BAGLEY Also da standen Sie.
FRAYNE Getobt habe ich. Die ganze Straße habe ich zusammengeschrien. Partridge! Partridge! Ich will die Tür aufschließen. Mein Schlüssel paßt nicht mehr. Ich läute Sturm. Die Hände mit frischer Farbe beschmiert. Ich sah nur noch rot, kann ich Ihnen sagen. Die Nachbarn brüllten »Ruhe da, Frayne, Ruhe!« Ich breche die Tür auf. Ich laufe hinauf. Mein Zimmer ist weg.
BAGLEY Weg?
FRAYNE Ins Zimmer gegenüber geräumt. Auf die andere Seite des Gangs. *Nach langer Pause:* Alles da, das schon. Nichts gestohlen. Möbel, Teppiche, Plattenspieler, Bilder ... Und alles an seinem Platz, alles in Ordnung — mit einer Ausnahme. Meine Platten mit dem russischen Sprachkurs.
BAGLEY Weg.
FRAYNE Die Etiketten vertauscht. Abgelöst und falsch wieder aufgeklebt. Als ich »Teestunde in einem russischen Heim« auflegte, bekam ich »Lieder der Dnjepr-Damm-Arbeitsbrigaden«.
BAGLEY Was hatte Mrs. Partridge dazu zu sagen?
FRAYNE Mrs. Partridge war auch weg. An jenem Morgen von einem Krankenwagen abgeholt worden, sagten die Nachbarn.
BAGLEY Aber Sie haben sie doch wohl inzwischen gesprochen?

FRAYNE   Sie haben sie verloren. Sie kam irgendwohin ... von dort haben sie sie woandershin gebracht, und jetzt wissen sie nicht mehr, wohin.

BAGLEY   Haben Sie die Polizei zugezogen?

FRAYNE   Ich bin zum Revier gegangen. Viermal habe ich die Sache zu Protokoll gegeben — bei vier verschiedenen Beamten. Jedesmal, wenn ich versuche, etwas zu erfahren, kriege ich einen neuen Polypen.

BAGLEY   Und an Charlie konnten Sie sich auch nicht wenden — der war nicht da?

FRAYNE   Niemand war da.

Bagley öffnet während eines langen Schweigens seinen Koffer.

BAGLEY   Essen Sie etwas. Sie haben sicher Hunger. *Sie essen gemeinsam.*

FRAYNE   Sie haben für zwei eingekauft.

BAGLEY   Richtig.

FRAYNE   Sehr nobel. Britische Eisenbahn-Sandwiches?

BAGLEY   Ich habe sie am Bahnhofsbüfett gekauft.

FRAYNE   Ah, deswegen hätten Sie den Zug beinahe verpaßt. Ich hab's gesehen.

BAGLEY   Haben Sie Charlie im Zug getroffen?

Das Hantieren mit Thermosflasche, Sandwiches, Obst bringt die beiden einander näher. Es herrscht die Atmosphäre eines nächtlichen Internatsgelages; die Vertraulichkeit wächst.

FRAYNE Manchmal. Im übrigen haben wir uns in Ihrer Gegend getroffen. Hampstead. Wir mußten natürlich sehr vorsichtig sein. Sonst bekäme er Schwierigkeiten, hat er gesagt. Wegen Fraternisierens mit einem britischen Staatsangehörigen. Ihre Disziplin ist fantastisch, das muß man ihnen lassen. Da könnte man sich in England was von abschneiden, wie?

BAGLEY Wohin gingen Sie in Hampstead?

FRAYNE Ins Grüne meistens. Das war natürlich auch nicht ideal. Aber ideal ist es ja nirgends. Überall zu viele Menschen. Aber schöne alte Häuser. Ich könnte mir vorstellen, daß es da bei Ihnen noch einige alte Familien gibt.

BAGLEY Oh, ja.

FRAYNE Ich hätte gern noch einen Schluck Kaffee, bitte. Haben Sie Vermögen?

BAGLEY Na ja, die meisten von uns haben noch etwas zusätzlich.

FRAYNE Ich habe mich nämlich gewundert, daß Sie sich erster Klasse leisten können.

BAGLEY Meine Mutter besteht immer darauf. Ich tu's mehr ihr zu Gefallen.

FRAYNE Lebt sie mit Ihnen zusammen, ja?

BAGLEY Ja.

FRAYNE Du meine Güte.

BAGLEY Es ist gar nicht so schlimm. Sie ist noch sehr agil.

FRAYNE Trotzdem, meine ich. Alter *ist* heutzutage ein großes Problem in der Welt. Alte Leute müssen betreut werden. Früher oder später müssen wir uns dem alle stellen, nicht wahr? Man kann sich dem nicht entziehen.

BAGLEY Nein.

FRAYNE Was tun Sie dort so alles? Musikalische Abende mit Harfe, Zimbel, Laute? Die anglikanische Kirche ist ja wohl immer noch sehr auf die oberen Klassen zugeschnitten, wie? Unfähig und korrupt, aber okay für den, der mitmischt. Sind Sie verheiratet?

BAGLEY Nein.

FRAYNE Gehen Sie mit jemandem?

BAGLEY Nein.

FRAYNE Sind Sie noch — eh — Jungfrau?

Bagley füllt schweigend Fraynes Becher.

BAGLEY Meinen Sie, wenn ich es wäre, könnten Sie leichter mit mir reden?

Frayne starrt auf seine Hände.

FRAYNE *Schließlich:* Nein, nein, nein, nein. Ich kann nicht mit Ihnen reden. Uns trennen Abgründe: Alter, Erfahrung, Klasse. Nein, nein.

BAGLEY Aber das sind Unterschiede, die unter Umständen eine Beichte leichter machen.

FRAYNE Vergessen Sie, was ich gesagt habe, Paul.

BAGLEY Gut.

FRAYNE Nein, ich bin froh, daß ich die Religion über Bord geworfen habe. Zu grausam für mich. Sie bringen dich dazu, daß du dir wie ein verfaulter Baum vorkommst. Der nie Früchte trägt. Mein Vater war ganz besessen in der Beziehung, obwohl er ein großer Schwindler war. *Er dreht sich wieder zum Fenster und sieht regungslos hinaus.* »Schön die kleinen Hände gefaltet, mein Sohn. Sag dein Gebet.« Natürlich denkt man immer wieder daran. Besonders im Zug. All die Hügel da draußen. Kahl. Und dieser Ziegenbock, wie? Der Sündenbock. Beladen mit allen ihren Schlechtigkeiten. Die er in die Wüste trägt. Der bin ich.

BAGLEY   Was für Schlechtigkeiten, Alfred?
Frayne versinkt in Gedanken. Bagley wartet geduldig.
FRAYNE   Charlie hat mir Freiheit geschenkt.
BAGLEY   Das ist ein großes Wort.
FRAYNE   Freiheit von Heuchelei. Er hat mich aus mir herausgeholt. Er hat mich befreit. Aber wenn ich Ihnen das erklären würde, darüber reden —
BAGLEY   Ja?
FRAYNE   Nun, dann würde ich das doch alles aufgeben. Man kann nicht in einer Minute das Leben in vollen Zügen genießen und in der nächsten in die Kirche rennen. Das leuchtet doch ein.
BAGLEY   Sie müssen tun, was Sie für richtig halten.
FRAYNE   Das Leben ist eine Gabe, keine Last. Das ist meine Meinung.

BAGLEY Gottes Gabe.
FRAYNE Das nun wieder nicht, fürchte ich. Sie vergessen, daß ich Mathematiker bin. Die Ursprünge des Lebens sind absolut zufällig, das ist eine Tatsache. Es hängt alles mit der Verdichtung der Grundelemente zusammen. Wie die Arithmetik. *Schweigen.* Außerdem hätte ich ohne ihn nie meinen Doktor bekommen. Den verdanke ich auch ihm.
BAGLEY Doktor?
FRAYNE Als Gasthörer. Von der Staatsuniversität Moskau. Ich bin der erste Ausländer, dem er je verliehen wurde. Das hat nur Charlie erreicht.
BAGLEY Fabelhaft. Das habe ich nicht gewußt.
FRAYNE Natürlich nicht. Ich konnte es ja niemandem sagen. Ich mußte Charlie decken. Ich konnte es ja nicht gut herumposaunen, oder?
BAGLEY Wohl nicht.
FRAYNE Ja, ich habe ihn geliebt, diesen Mann, das ist die Wahrheit. Er war alles für mich. Das verleugne ich nicht — weder Ihnen noch sonst jemandem zuliebe.
BAGLEY Das dürfen Sie auch nicht. Auf keinen Fall. Sie dürfen sich nicht zum Judas machen. Übrigens — hat Charlie Sie bezahlt?
Frayne hört es offenbar nicht.
FRAYNE Also gut. Sagen Sie mir: Was ist besser? Etwas *Unrechtes* tun oder *nichts* tun? Viele Menschen, die meisten genaugenommen, be-

nutzen Moral als Ausrede, als Versteck, wenn Sie mich fragen. Ich nicht. Nicht mehr. Das Problem ist, daß Sie es gar nicht ernst nehmen.

BAGLEY O doch, ich nehme es sehr ernst.

FRAYNE Tatsächlich glaube ich gar nicht, daß es so ernst ist. Nicht, wenn man es zusammenfaßt. Je vis ma vie. Französisch. Ich lebe in der Gegenwart und Charlie genauso. Mehr ist da nicht zu sagen.

BAGLEY Was für ein *Jammer*, daß er sich jetzt nicht dazu äußern kann.

FRAYNE Jetzt nicht und nie mehr. Ich habe ihn getötet.

BAGLEY *Schließlich:* Wollen Sie niederknien, Frayne?

FRAYNE Nicht gar so direkt, hm? *Pause.* Mein Gott, sind Sie jung! Wahrheit ist nicht gleich Wirklichkeit. Nicht gleich Schlagzeile im Daily Express. Wahrheit ist Zweifel. Angst. Ein Schmetterling in der Hand. Jawohl. Ein wenig zu fest gedrückt, und er ist tot. *Er richtet sich auf und sieht auf seine flach gegeneinandergepreßten Hände: Der Schmetterling ist erdrückt.* Dasselbe gilt für Glauben. Oder nennen wir's Treue, wenn Sie wollen. Das ist, ehrlich gesagt, was ich vom Glauben halte. So wie ich es sage, ist es zu Protokoll genommen; ich kann ganz offen sprechen. Ich bin der Ansicht, man kann niemand und nichts die Treue brechen —

nur sich selbst. Ich meine, diese ganzen objektiven, äußerlichen Doktrinen sind doch einfach nichts. Ein Witz. Ohne jede Bedeutung. Schon immer. Das ist meine Meinung. Ich bin nicht zu Dank verpflichtet, oder? Man hat mich nie gefragt. Was soll das Ganze also?

BAGLEY Haben Sie Charlie deshalb getötet — weil er die Treue gebrochen hat?

FRAYNE Hab ich nicht gesagt, Sie sollen keine Fragen stellen!

BAGLEY *Wie* haben Sie ihn getötet?

FRAYNE Ich war seiner nicht wert. Ich habe ihn verraten.

BAGLEY An wen?

FRAYNE Oh, hören Sie doch auf. Ja, Gott ist Engländer, durch und durch! Englischer Landedelmann mit Eton-Bildung und anglikanischer Erziehung. O ja, was sonst! Deshalb reisen wir ja auch erster Klasse, Sie und ich. Damit wir Gott näher sind. Während die armen Luder in der zweiten Klasse ersticken, Kinder kotzen, Frauen in Ohnmacht fallen —

BAGLEY Tun sie gar nicht. Das ist Ihr schlechtes Gewissen. Der Zug ist halb leer.

FRAYNE He — halten Sie sich eigentlich für einen Psychiater oder was? Ich *glaube* nicht. Ich habe es Ihnen doch gesagt: Ich *glaube* nicht!

BAGLEY *Sehr kurz:* Dann erlösen Sie sich doch selbst.

Sie sitzen schweigend da. Frayne malt wieder mit

dem Finger auf der Fensterscheibe. Bagley faltet die Hände und senkt den Blick.

FRAYNE Machen Sie das schon lang?

BAGLEY *Frostig:* Was?

FRAYNE *Bemüht — er haßt solch eine Atmosphäre, es sei denn, sie ginge von ihm aus:* Predigen und so weiter.

BAGLEY *Immer noch zurückhaltend:* Ich wurde vor einem Jahr ordiniert.

FRAYNE Dann haben Sie ja eine rasante Karriere gemacht, wie? Gleich so eine Top-Gemeinde. Was haben Sie vorher gemacht?

BAGLEY Oh, ich habe so einiges versucht. Klappte aber alles nicht. Werbung, Geschäfte. Ich hatte einen Spielzeugladen. Dann fand ich zu mir selbst.

FRAYNE Was die Wirtschaft verlieh, gewinnt Gott gewissermaßen.
Ich möchte, daß wir wieder freundlich miteinander reden. Wie zu Anfang.

BAGLEY *Gibt ein wenig nach:* Das tun wir ja. Die ganze Zeit.

FRAYNE Die ganze Zeit. Das heißt »Jetzt und in alle Ewigkeit«, ja?

BAGLEY Richtig.
Pause.

FRAYNE Und Sie möchten, daß ich mit meiner Beichte fortfahre, vermute ich?

BAGLEY Wenn Sie wollen.

FRAYNE Na ja, wo ich schon einmal angefangen

habe. Man soll die Hand nicht vom Pflug nehmen, heißt es ja.

BAGLEY Ja.

FRAYNE *Überlegt eine Zeitlang:* Es gibt doch dieses berühmte Gedicht, ja, von Oscar Wilde, dem Dichter. Ein Mann zerstört die Dinge, die er liebt. Nun, genau das habe ich gemacht. Verstehen Sie, was ich meine? Es klingt schlimm; und es ist auch wirklich schlimm, nicht wahr?

BAGLEY Ich weiß nicht. Ich weiß nicht, ob ich Ihnen glauben soll.

FRAYNE Sie sind nicht mit ihm verwandt, oder?

BAGLEY Sollte ich das sein?

FRAYNE Sie haben dieselbe Art zuzuhören, das ist alles. Manchmal so zu warten.

Schweigen. Fraynes Blick fällt auf seinen Kaffeebecher — er lächelt plötzlich erinnerungsselig.

FRAYNE Ich sage Ihnen — wenn Charlie Wodka eingoß, das war fantastisch. Nur ein Tatar bringt so was fertig. Ich meine, Wodka ist ja schließlich nicht billig — auch nicht mit Diplomatenrabatt. Also er stellte die zwei Gläser nebeneinander, Rand an Rand auf meinen Tisch. *Er nimmt Bagleys Becher und stellt ihn dicht neben seinen.* Und das bei seinem ersten Besuch bei mir, stellen Sie sich vor. Er kam in mein Zimmer gefegt, machte den Koffer auf, holte Gläser und Wodka heraus — *kippte die Flasche senkrecht nach unten ... so ... Schüttete in einem Schwung beide Gläser voll. Wodka überm ganzen Tisch, klar. Und der Tisch ruiniert. Mrs. Partridge bekam einen Anfall. Das ganze Furnier war hin. Aber der tiefere Grund war natürlich, daß sie es nicht ertrug, jemand anderen so vertraulich mit mir zu sehen. Bei Frauen spielen da biologische Gründe mit, ich weiß, da sie ans Haus gebunden sind, fehlt ihnen die Elastizität. Alles, was *sie* mitbekam, war, daß ein Bär von Ausländer, ohne sie zu fragen, die Treppe raufstürmte, sich ihren Mann schnappte und ihn um und um kehrte. *Er lächelt.* Er rauchte immer solche grünen Stengel ... sahen aus, als hätte er sie selbst in der Sonne getrocknet. Ich rieche sie jetzt noch. Manchmal tränten mir die Augen davon ... in einem kleinen Zimmer. Das Fantastischste war, er *kannte* mich. Meine ganze psychologische Veranlagung, meine Wünsche, meine Sperren ... Er spielte auf mir ... Also die Technik — Sie können's mir glauben, Bagley — die Technik ist der Technik Ihrer Leute weit überlegen. *Der Zug verlangsamt die Fahrt. Pfeifen.* Was ist das?

BAGLEY Ein Signal vermutlich.
FRAYNE Für wen?
BAGLEY Ein Streckensignal. Wahrscheinlich ein kleiner Aufenthalt. Sie sagten, er kannte Sie so gut ...
FRAYNE Er wußte, was ich dachte, bevor ich es

selbst wußte. Wörtlich. Genauso wie Sie, nehme ich an. Für Charlie zu arbeiten, ist wie verheiratet zu sein, oder?
BAGLEY Das weiß ich nicht.
FRAYNE O doch, absolut. Man beginnt ein neues Leben. Die wenigsten machen sich das klar. Die Kamera, die Charlie mir gab, war für mich eine Art Trauring, jedenfalls etwas wie ein Amulett. Wenn ich die Straße entlangging, ins Büro oder so, habe ich sie in meiner Tasche berührt. »Bist du noch da? So ist's recht!« Sie verstehen, was ich meine? Wie eine junge Frau ihren Trauring berührt. Fantastisches kleines Ding, übrigens. Russisches Fabrikat. Miniaturausgabe.
BAGLEY Darf ich sie sehen?
FRAYNE *Voller Mißtrauen:* Nein, nicht sehen. Nein, ich habe sie nicht bei mir, leider. Ich reise nie mit Kamera. Zu riskant.
BAGLEY Wenn Sie ihn so gern hatten — warum haben Sie ihn dann getötet?
Frayne schüttelt den Kopf, wendet sich rasch zum Fenster und macht sich wieder ans Zeichnen. Bagley fängt seine Frage geschickt mit einer weiteren auf.
BAGLEY Wie hat sich denn Charlie bei Ihnen eingeführt? Beim ersten Mal, meine ich. Ich mag ihn selber schon, muß ich sagen.
FRAYNE Ach, da gab es doch diesen Kurs, wissen Sie. Bei Radio Moskau.

BAGLEY Von *dem* Kurs weiß ich, glaube ich, nichts.

FRAYNE Also abends hörte ich die Moskauer Nachrichten. Nur so zum Spaß eigentlich, um auch mal die andere Sicht zu bekommen. Niemand hört sie doch, nicht die im Ministerium. Sie haben alle 'ne Gehirnwäsche hinter sich. Ich dachte gerade, ich drehe einfach weiter, hole mir ein bißchen heiße französische Musik ran und sehe mir ein paar Bilder an, die ich zu Hause habe, und mache mir einen netten Abend — da höre ich auf einmal dieses Mädchen.

Irgendwie mütterlich. Hilfreich, wissen Sie, und die bot also einen kostenlosen Kurs in Russisch an. Sie brauchten nur hinzuschreiben.

BAGLEY Also haben Sie hingeschrieben.

FRAYNE Ja, und dann bekam ich einen Fragebogen.

BAGLEY Und den füllten Sie aus?

FRAYNE Ich hörte aber nichts weiter. Und vergaß die Sache auch.

BAGLEY Aber auf dem Fragebogen hatten Sie Angaben über Ihren Beruf gemacht? Und daß Sie nach Glengerry kommen? Das war wahrscheinlich gar nicht zu vermeiden, so wie die Fragen gestellt waren.

Der Zug bleibt endgültig stehen.

FRAYNE Was zum Teufel ist da los?

BAGLEY   Wieso? Wir halten.
FRAYNE   Das merke ich, daß wir halten, und ich mag es nicht! Ich möchte wissen, warum wir halten. Wir führen hier ein wichtiges Gespräch! Wie zum Teufel soll ich weiterreden, wenn wir stehenbleiben?
BAGLEY   *Sehr sanft:* Schon gut, Frayne, in einer Minute fahren wir wieder!
FRAYNE   Hier haben wir noch nie gehalten.
BAGLEY   Wir tanken Wasser nach.
FRAYNE   Tun Sie doch was — ich mag es nicht. Beten Sie, oder was weiß ich. *Schweigen.* Charlie hätte was unternommen, das kann ich Ihnen verraten. Der wußte, wo man den Hebel ansetzt. Unternehmen Sie doch was, sehen Sie nicht, daß ich Hilfe brauche! *Schweigen.* Charlie-Junge. Wir brauchen dich jetzt, wo bist du?
BAGLEY   *Läßt nicht locker:* Und dann hat *er* sich bei Ihnen gemeldet. Er bezog sich auf den Fragebogen, den Sie ausgefüllt hatten. Was hat er gesagt, wer er sei?
FRAYNE   Ich glaube, wir fahren gar nicht die richtige Strecke.
BAGLEY   Frayne! Hören Sie: Er kam also mit seinem Koffer voll Lehrbüchern, Platten, Wodka für Sie an. Er bot Ihnen kostenlosen Unterricht an, er bewunderte Ihre Rosen. Er ging mit Ihnen gut essen und in die Oper, Sie machten Spaziergänge. Und weiter? Was hat er dann

getan? Erzählen Sie! Erzählen Sie mir, wie er Sie rekrutiert hat!

Frayne starrt Bagley an. Der drängende Unterton von Bagleys Fragen ist ihm plötzlich aufgefallen.

FRAYNE   Wer sind Sie?

BAGLEY   Ein junger Geistlicher. Ein englischer Geistlicher. Wie Ihr Vater.

Frayne starrt ihn weiter an. Der Zug setzt sich wieder in Bewegung.

BAGLEY   Frayne.

FRAYNE   Mmm.

BAGLEY   Halten Sie es für möglich, daß Sie Charlie in Wirklichkeit gar nicht getötet haben? Daß es vielleicht nur ein Traum ist. *Schweigen.* Mit dem Sie etwas ganz anderes verdecken! *Schweigen.* Etwas, was Sie nicht zugeben wollen?

FRAYNE   Halten Sie den Mund.

BAGLEY   Vielleicht ist Charlie mit Ihrer Mrs. Partridge durchgegangen.

FRAYNE   Die hat ihn gehaßt, das habe ich doch schon gesagt.

BAGLEY   Haß ist oft der halbe Weg zur Liebe. Verführung entsteht immerhin aus Spannung.

FRAYNE   Ja, ja.

BAGLEY   Sie haben ihn nicht mit eigenen Händen getötet?

FRAYNE   Durch Fahrlässigkeit habe ich ihn getötet. Ich habe einen Fehler gemacht, der zu seiner Eliminierung führte.

BAGLEY Was für einen Fehler, was haben Sie gemacht?

FRAYNE Das quält mich ja gerade so. Ich gehe immer und immer wieder mein Leben mit ihm durch und frage mich, wo hast du etwas falsch gemacht. Hast du ein unvorsichtiges Wort fallenlassen? Hast du die Spielregeln verletzt? Hast du irgendwie durch unnatürliches Benehmen Aufmerksamkeit auf ihn gelenkt? Ich versuche, mir die Schuld zuzuschieben, sehen Sie, aber es gelingt mir nicht.

BAGLEY Vielleicht hat er Sie einfach verlassen, und Sie können sich nicht damit abfinden. Vielleicht hat *er Sie* getötet.

Frayne springt auf, schrecklich ertappt, geht im Abteil auf und ab, untersucht den Spiegel, die Landkarte, die ganze Ausstattung, läßt sich dann am Fenster nieder und späht hinaus.

FRAYNE Wer auch immer meine Rosen weggenommen hat, hat mir auch meine Katze weggenommen. Ich glaube, von meiner Katze habe ich noch gar nicht erzählt. Schlimm, wie schnell man etwas vergißt, was man geliebt hat. Nur traue ich Ihnen nicht mehr. Ich werde Ihnen etwas Fantastisches erzählen, was ich kürzlich gelesen habe: Möwen nisten erst, wenn sie sich einer Schar angeschlossen haben. Sie — eh — brauchen den Schutz, wissen Sie, die anderen. Sonst fühlen sie sich nicht wohl. Ich fühle mich mit Ihnen auch nicht wohl. Nicht mehr. Ich meine, warum bemühen Sie sich so um mich? So herrlich bin ich nicht. Warum suchen Sie sich *mich* aus? Hm? *Mit einer plötzlichen, wilden Bewegung zeichnet er ein Fragezeichen auf das Fenster und stößt den Punkt darunter.* Beantworten Sie das einmal in drei kurzen Sätzen. *Er setzt sich hin.* Na, warum soll ich's Ihnen nicht verraten, Bagley, ich habe Sie zum Narren gehalten, ich habe alles erfunden, damit Sie etwas Training in Ihrem neuen Beruf bekamen. Vielleicht bin ich zu weit gegangen. *Schweigen.* Tut mir leid, das ist der Clown in mir. Ich kann ihm nicht widerstehen. Wir haben schon in der Schule viel Theater gespielt. Ich galt von klein an als sehr begabt. Im Ministerium hatten wir auch eine Theatergruppe — aber ich gehöre nicht mehr dazu, sie haben mich rausgesetzt.

Mit einem breiten Lächeln macht sich Bagley wieder an seinem schwarzen Aktenköfferchen zu schaffen.

BAGLEY Ein Stück Schokolade?
FRAYNE Ja, gern, danke.
BAGLEY Sie wollen also, daß ich vergesse, was Sie mir erzählt haben?
FRAYNE Wie beliebt. Es war nur eine Übung. Für Sie. Ihretwegen. Nicht meinetwegen.
BAGLEY Ihr Geheimnis ist fest in meiner Erinnerung verschlossen. Nur Sie haben die Schlüssel dazu.

FRAYNE Verstehen Sie mich bitte nicht falsch. Ich habe Ihnen ja gesagt: die ganze Sache war erfunden. Stimmte nicht. Ich habe Sie einen Probelauf für den Ernstfall machen lassen. Man lernt die Lektion, zieht seine Schlüsse daraus. *Ißt die Schokolade.* Ich habe Sie drangekriegt, was?
BAGLEY Ja, das haben Sie wohl.
FRAYNE Habe Sie zappeln lassen.
BAGLEY Uh.
FRAYNE Ich könnte außerdem darauf hinweisen, daß es ein beträchtlicher Unterschied ist, ob man sich auf der Ebene völlig normalen gesellschaftlichen Verkehrs mit einem Sowjetdiplomaten trifft oder ob man ihm Staatsgeheimnisse zukommen läßt, wodurch die Nation gefährdet werden könnte. Das scheinen Sie übersehen zu haben.
BAGLEY Der Unterschied *war* mir entgangen.
FRAYNE Die Sache ist nämlich die, daß ich recht viele geheime diplomatische Aufgaben habe. Hauptsächlich mit den Russen. Daher hatte ich auch Übung, Sie zu täuschen.
BAGLEY Aha.
FRAYNE Ich bin auch überhaupt nicht religiös. Das sollte ich hier von Anfang an gleich klarstellen. Das mache ich immer bei Geistlichen, es ist nur fair.
BAGLEY Gott schuf sein Abbild auf vielerlei Weise.

FRAYNE Sie sind offensichtlich ein Liberaler. Einer von der »Gott ist tot«-Schule.
BAGLEY Nun, nicht ganz so.
FRAYNE Ich bin wirklich nicht dafür, all dies Herumgebastele an religiösen Vorstellungen, nein. Und nur, weil die Herde kleiner wird. Das haben wir in Cambridge bei euch Eton-Boys immer abgelehnt ... daß ihr die Segel nach jedem neuen Wind dreht ... man soll seinen Platz behaupten, das kann ich in der heutigen Welt nur raten. Sich einschränken.
BAGLEY Ich habe Sie eigentlich nie als *Orthodoxen* gesehen.
FRAYNE Konservativ bis in die Fingerspitzen, ehrlich gesagt. Das sollten Sie bedenken, wenn Sie sich eine Meinung über mich bilden.
BAGLEY Das werde ich tun.
FRAYNE Genauso wie im Ministerium. Büromädchen-Wirtschaft nenne ich das, und ich beobachte es mit stummem Mißfallen. Junge Mädchen, die dort gerade angefangen haben, achtzehn, zwanzig Jahre alt, kurze Röcke, enge Pullover, provozierend, aufreizend, werfen sich weg, es ist ekelhaft.\ *Taucht in seine eigene Welt ein.* Da war eine, die Elsie hieß und an die ich mich besonders erinnere. Sie provozierte mich dauernd, brachte mich auf Touren. Sie haben sie darauf angesetzt, das weiß ich jetzt. »Los, Elsie, kümmere dich mal um Langohr, zeig's ihm, laß ihn gucken ...« »Elsie ist ver-

rückt nach dir, Langohr. Sie trieb's gern mal mit dir, ja, ja.« Was habe ich ihnen nur getan? Oder sonst irgend jemandem?
Er läßt sich wieder Kaffee aus der Thermosflasche einschenken, kehrt in die Gegenwart zurück. Tja, also, ich fürchte, unser Beichtespielen ist vorbei. Jetzt werden Sie sich fragen, was Erfindung ist und was Tatsachen sind. Was meine berufliche Stellung angeht, werden Sie mich ernst nehmen müssen. *Gibt seinen Becher zurück, schaltet die Leselampe über sich auf Nachtlicht.* Aber jedenfalls — freut mich, daß man Sie geschickt hat.
BAGLEY Ich freue mich auch.
FRAYNE Es war mir ein Vergnügen, Ihre Bekanntschaft zu machen. Gute Nacht.
Ohne weitere Warnung streckt Frayne sich auf seiner Seite aus. Die breiten Revers seiner grauen Jakke verdecken beinahe sein Gesicht, und er zieht sie noch ein Stück höher.
FRAYNE Sie kommen nie nach Glengerry rauf, oder?
BAGLEY Nein.
FRAYNE Nun, wenn's doch einmal der Fall sein sollte — gleich neben dem Haupteingang ist ein Café, der Elfenbein-Turm. Wenn Sie da mittwochs gegen elf vorbeikommen sollten, strecken Sie Ihren Kopf hinein. Lassen Sie sich mal blicken. Frayne ist mein Name — kennen mich alle dort. Für die bin ich so was wie ein

Original — hab ich Ihnen ja gesagt. 'n komischer Kauz.
BAGLEY *Sieht ihn eingehend an:* Sonst gibt es nichts mehr, was Sie mir sagen wollen?
FRAYNE Bedaure, mein Junge, es war ein Spiel und sonst nichts. Ich habe Ihnen ein bißchen was vorgemacht. Ich bin eben etwas exzentrisch. Vergessen Sie das Ganze.
BAGLEY Fand Charlie das auch?
FRAYNE Charlie? Welcher Charlie?
Schweigen. Bagley wird zum erstenmal aggressiv.
BAGLEY Sie wollen mich nicht verstehen, wie? Sie haben Angst vor menschlichen Beziehungen. Genau wie Sie Angst vor der Wahrheit haben.
FRAYNE Bagley.
BAGLEY Ja.
FRAYNE Ich will nicht mehr sprechen, Bagley, danke.
BAGLEY Dann hören Sie zu.
FRAYNE Bedaure, nicht möglich. Ich habe so einen Trick, wissen Sie — ich gehe aus wie ein Licht. Den haben viele. Churchill hatte ihn, Wingate auch — um nur zwei zu nennen. Gute Nacht. Ich mag Sie, aber ich traue Ihnen nicht. Gute Nacht.
BAGLEY Frayne. *Keine Antwort.* Frayne, würden Sie mir in Zusammenhang mit dieser Trainings-Beichte ein paar Fragen beantworten.

Keine Antwort. Damit ich lerne, den *wahrhaft* Beladenen zu helfen.
FRAYNE Ich höre nicht.
BAGLEY Ich nehme an, daß Sie eine sehr enge Beziehung zu Ihrem Vater hatten, die Sie beenden mußten. Hat das bei Ihnen etwa eine Art Schuldgefühl geweckt. *Schweigen.* Würden Sie sagen, daß diese *Art* einer frühen Abhängigkeit Sie für Ihr ganzes Leben abhängig gemacht hat? *Schweigen.* Noch eine Frage: Würden Sie sagen, daß Sie infolge Ihrer protestantischen Erziehung die Beichte für eine Hemmungslosigkeit halten — seitens dessen, der beichtet, oder dessen, der die Beichte hört?
FRAYNE Ich möchte jetzt nur schlafen. Ich habe viel, worüber ich nachdenken muß, danke.
BAGLEY *Lauter:* Über Loyalität möchte ich Sie noch etwas mehr fragen. Sind Sie ein Purist oder ein Partikularist? Sind Sie in der Spionage um der Spionage willen — wegen des Gefühls der Überlegenheit, wegen des Gefühls, dazuzugehören, wegen des kleinen steuerfreien Einkommens, der Möglichkeit, alte Rechnungen zu begleichen — oder sind Ihre Aktivitäten an bestimmte Leute gebunden? Lassen Sie es mich so ausdrücken: Gibt Ihnen die Tatsache, daß Geheimhaltung Bedingung ist, ein Gefühl der Sicherheit? Damit meine ich — darf ich persönlich werden? —, Sie leben zwei Leben, und beide sind in gewisser Weise

geheim. Befähigt Sie das eine für das andere? Hätten Sie, wenn Sie zunächst nicht mit geheimer Regierungsarbeit befaßt gewesen wären, ebenso zur Spionage tendiert?
Meine nächste Frage ist nur die logische Fortsetzung der vorangegangenen: Würde Sie es irritieren, wenn Ihre Spionagetätigkeit *offenkundig* würde und Ihre Tätigkeit für das Verteidigungsministerium *geheim* bleiben müßte? Sie verstehen, worauf ich hinaus will? *Schweigen.*
Nur haben wir einige solcher Fälle in Hampstead. Es wäre mir sehr geholfen, wenn Sie meine Fragen beantworten würden. Frayne! *Schüttelt ihn.* Sie können sich nicht in den Schlaf flüchten! Eines Tages müssen Sie aufwachen! *Schüttelt ihn heftig.* Wir wissen doch alle, was Sie getan haben, Frayne. Besser, Sie gestehen, und dann haben Sie es hinter sich!
Es nützt nichts. Frayne täuscht tiefen Schlaf vor. Bagley steht auf und betrachtet lang die hingestreckte, verhüllte Gestalt. Schließlich nimmt er den Vierkantschlüssel aus seiner Jackentasche, legt ihn geräuschlos auf den Platz, auf dem er saß, und verläßt auf Zehenspitzen das Abteil. Frayne, nun allein, setzt sich sofort auf, späht verstohlen umher, öffnet Bagleys Köfferchen und sieht hinein. Dabei entdeckt er den Vierkantschlüssel auf dem Sitz, nimmt ihn in die Hand und untersucht ihn von allen Seiten. Als er Bagley zurückkehren hört, läßt er

den Schlüssel rasch in seiner Jackentasche verschwinden und legt sich wieder hin. Bagley kommt herein, blickt auf Frayne, registriert, daß der Schlüssel verschwunden ist, und setzt sich gähnend auf seinen Platz. Frayne reckt sich.

FRAYNE *Schließlich:* Sagen Sie, Bagley — was ist noch mal Ihre Gemeinde?

BAGLEY All Saints, in Hampstead. Sie müssen einmal kommen und mich besuchen.

FRAYNE Ah, All Saints, ah ja. Warten Sie mal. Ich glaube, mein Vater hat mich mal dorthin mitgenommen. Er hatte eine ausgesprochene Schwäche für die Anglikanische Kirche. Ein Altartisch mit vier abgeschnittenen korinthischen Säulen.

BAGLEY Meine Güte, was für ein Gedächtnis Sie haben.

FRAYNE Das Mittelschiff hat eine Deckenkonstruktion aus Ankerbalken, die auf Quergurtbögen mit Gesimsbändern aufliegen. Schönes Maßwerk ...

BAGLEY Das ist ja enorm. Sie wissen besser Bescheid als ich.

FRAYNE Außerdem glaube ich, mich dunkel zu erinnern, daß ein Stück der alten Mensa vor drei Jahren in einem Abstellraum des Pfarrhauses gefunden wurde.

BAGLEY Sie sind wirklich gut informiert.

FRAYNE Das bin ich. Ja. Um so mehr, als ich alles erfunden habe. Aus dem Kopf. Habe ein paar unverständliche Begriffe aus einem kürzlich gelesenen Times-Artikel aus meinem in der Tat beachtlichen Gedächtnis hervorgeholt. *Schweigen.* Der Schaffner hat Sie nicht zu mir hereingelassen, oder?

BAGLEY Doch, hat er, natürlich.

FRAYNE Nennen Sie die zehn Gebote.

BAGLEY Wie bitte?

FRAYNE Nennen Sie sie!

BAGLEY Du sollst deinen Vater und deine Mutter ehren, du sollst kein falsches Zeugnis reden wider deinen Nächsten —

FRAYNE In der richtigen Reihenfolge, bitte!

BAGLEY *Stockend:* Liebe deinen Nächsten wie dich selbst. Laß dich nicht gelüsten deines Nächsten Ochsen, du sollst nicht ehebrechen —

FRAYNE Wer war Kaiphas?

BAGLEY Der Hohepriester, der ...

FRAYNE Der was?

BAGLEY Der ... Johannes den Täufer dem Martyrium überließ —

FRAYNE Falsch! Christus. Der Pontius Pilatus Christus übergab.

BAGLEY Sie haben mich ja nicht ausreden lassen. Ich wollte hinzusetzen ›und unseren Heiland‹.

FRAYNE Eins, zwei, drei, vier, fünf, sechs, sieben — eine alte Frau kocht Rüben — eine alte Frau kocht Speck — und du bist weg.

Frayne holt den Vierkantschlüssel aus seiner Ta-

sche, untersucht ihn ostentativ. Bagley reagiert alarmiert, betastet seine eigenen Taschen.

FRAYNE Sehr gütig von Gott dem Allmächtigen und der Königlich Britischen Eisenbahndirektion, Sie mit diesem hilfreichen Instrument auszustatten. Darf ich bitte Ihre Fahrkarte sehen.

BAGLEY Was bilden Sie sich denn ein?

Frayne hat aus seiner Brusttasche eine Pistole hervorgeholt.

FRAYNE Als Dienstältester unter den Anwesenden und diensttuender britischer Beamter des Innenministeriums ernenne ich mich hiermit selbst zum ex-officio-Vertreter der Britischen Eisenbahn. Heraus damit. Und mit der Brieftasche.

Bagley holt seine Fahrkarte heraus, dann seine Brieftasche, Frayne untersucht die Rückseite der Fahrkarte.

FRAYNE »Ausgestellt gegen Kriegsministeriums-Ausweis Nummer 5-0-7-7-9-9-8 ACR«. Wie das? *Schweigen.* Wie kommt das Kriegsministerium dazu, Ihre rührende Reise zu bezahlen? Mund auf, Herzbube.

BAGLEY Ich ... ich wurde eingeladen, vor den Coldstream Guards eine Predigt zu halten ... Sie haben mir einen Ausweis für die Fahrkarte geschickt.

FRAYNE Aha. Hampstead ist also nicht unser Ziel. Haben wir es uns *en route* anders überlegt? Wankelmütiger Bagley. Und in All Saints werden sie sich die Augen ausweinen, wirklich. Und Mammi vor allem, die Ihr Billett bezahlt hat, also wirklich.

Frayne blättert den Inhalt der Brieftasche durch.

FRAYNE *Er hat eine weibliche Aktfotografie in eindeutig herausfordernder Pose entdeckt:* Eines unserer Schäfchen, was, Jungfrau? Nehmen wir ein bißchen extra ins Gebet, hm?

Mit der freien Hand durchwühlt Frayne die Innenfächer der Brieftasche. Er holt eine grüne Karte heraus. Liest.

FRAYNE »Hiermit wird bestätigt, daß Paul Pearson Bagley mit amtlichen Aufgaben geheimer Natur betraut ist ...« Warum *Pearson?*

BAGLEY Das war der Mädchenname meiner Mutter.

FRAYNE »... Es wird hiermit darum gebeten, ihm bei der Ausübung seiner Pflichten in jeder Weise behilflich zu sein. Gezeichnet. J. R. Magee, Stellvertretender Unterstaatssekretär im Kriegsministerium.« Kopf nach links.

Bagley wendet ihm sein rechtes Profil zu.

FRAYNE Nach rechts.

Bagley wendet ihm sein linkes Profil zu.

FRAYNE Kragen runter.

Bagley nimmt seinen Priesterkragen ab. Ein gestreiftes Hemd und eine Eton-Krawatte kommen zum Vorschein.

FRAYNE Und die Brille.

Bagley nimmt die Brille ab, und der letzte Rest seiner klerikalen Herrlichkeit verschwindet. Frayne beugt sich vor und zieht einen Armeerevolver aus Bagleys Gürtel. Er öffnet die Trommel.

FRAYNE Leer.

BAGLEY Es ist der alte Dienstrevolver meines Vaters. Wir dürfen eigentlich keine Waffen tragen, aber ...

FRAYNE Was aber?

BAGLEY *Völlig gebrochen:* Es gibt mir Selbstvertrauen.

FRAYNE Beschreiben Sie mir Ihren Auftrag, Bagley.

BAGLEY M I 5. Inlandseinsatz.

FRAYNE Ihren Auftrag, habe ich gesagt.

BAGLEY *Sie* sind mein Auftrag. Das wissen Sie doch.

FRAYNE Und versuchen Sie ja nicht, mir was vorzuspielen, mein Junge. Davon habe ich genug.

BAGLEY Frayne, Alfred George, geboren 1905 in London-Battersea, einfacher Herkunft ... *Schweigen. Bagley errötet, stockt.*

FRAYNE Das berührt mich nicht. Ich höre nur zu.

BAGLEY Ausbildung: Battersea Technical College, Hauptfächer Mathematik und Physik, Abschlußexamen. Junggeselle, Verteidigungsministerium, Spezialist für Computer-Programmierung und Datenverarbeitung. Unbedenklichkeitsuntersuchung mit positivem Ergebnis 1959 durchgeführt, 1965 wiederholt. Im Dienst des sowjetischen Geheimdienstes seit 1966. Das wär's so ungefähr. Einiges unvollständig, wahrscheinlich, aber das kennt man ja in dem Beruf.

FRAYNE Und wenn Sie dieses Produkt Ihrer lebhaften Fantasie gefunden haben, was sollten Sie mit ihm machen?

BAGLEY Ihn beiläufig in ein Gespräch verwickeln und sein Verhalten und seine Reaktionen studieren.

FRAYNE Und?

BAGLEY Als Geistlicher verkleidet, eine Beichte aus ihm hervorlocken.

Frayne sieht ihn ungläubig an.

BAGLEY Mein Kragen sollte Ihnen Mut geben. *Schweigen.* Es hieß, Sie seien schon mürbe. Reif. Das Ganze wäre mehr oder weniger nur noch eine Routinesache: Ihr Vertrauen gewinnen und Ihre Aussage entgegennehmen.

FRAYNE *Zeigt auf Bagleys M I 5-Ausweis:* Das ist J. R. Magee, nicht wahr? Stellvertretender Unterstaatssekretär?

BAGLEY Ja, Magee leitet die Einsatz-Abteilung. *Schweigen.*

FRAYNE Ich nehme an, er war auch in Eton.

BAGLEY Ich wüßte nicht, was für einen Unterschied das macht.

Frayne dreht sich um, geht langsam, in Gedanken versunken, im Abteil auf und ab.

FRAYNE Ziehen Sie die Notbremse.
Bagley rührt sich nicht.
FRAYNE Ich habe gesagt, ziehen Sie die Notbremse. Los, ziehen Sie die Notbremse! Sie sind M I 5, oder? Im Inlandeinsatz. Also ziehen an dem verdammten Ding! Bringen Sie den Zug zum Stehen. Holen Sie sich Unterstützung. Ich verlange nicht, daß Sie auf dem Wasser wandeln — Sie sollen die Notbremse ziehen! *Geht auf die Notbremse zu.* Dann werde ich es machen.
BAGLEY Nein! Nicht!
FRAYNE Warum nicht?
BAGLEY In London würden sie mich auslachen. Morgen früh wäre es in ganz Whitehall herum. Ich wäre erledigt.
FRAYNE Sie sind genausowenig M I 5 wie ich, Sie dreckiger, kleiner Lügner.
Er sieht Bagley aus nächster Nähe in die Augen, steckt dann seine Pistole ein und schlägt Bagley, nicht sehr hart, ins Gesicht. Bagley weicht zurück und schützt sich wie ein Mädchen mit dem Arm vor weiteren Schlägen. Erschrocken berührt ihn Frayne leicht an der Schulter. Bagley senkt den Kopf und stützt ihn in die Hände. Frayne beobachtet ihn hilflos.
BAGLEY *Hinter seinen Händen:* Mußte das denn sein?
FRAYNE Sie sind *nicht* M I 5.
BAGLEY Gut, ich bin nicht M I 5. Ich bin ein

Geistlicher der Anglikanischen Kirche, der nicht weiß, wer Kaiphas war.

FRAYNE Sie sind *nicht* M I 5. M I 5-Agenten geben nicht zu, wer sie sind. Sie ducken sich nicht, wenn sie geschlagen werden, sie stellen sich hin und schlagen zurück. Wenn sie sich in der Hand des Gegners befinden, sagen sie nicht sofort ihre Instruktionen auf. Lächerlich!

BAGLEY Ich hätte Sie wohl durchs Knopfloch fotografieren sollen, wie?

FRAYNE Sie hätten sich tarnen sollen.

BAGLEY Ich bin doch getarnt. Sie werden ja nicht annehmen, daß sich M I 5 normalerweise aus dem Klerus rekrutiert, was?

FRAYNE Sie hätten sich als Abgesandter von Charlie ausgegeben, das hätten Sie getan. Als Freund und Vertrauter meines russischen Kontaktmanns. Sie hätten sich in mein Vertrauen eingeschlichen.

BAGLEY Aber Sie haben ja meinen Ausweis gesehen. Wie erklären Sie sich den?

FRAYNE Der ist gefälscht. Natürlich ist der gefälscht. Solche lächerlichen Wische stellen sie doch in Null Komma nichts her. Die haben sie doch in Moskau stapelweise parat liegen. Stapelweise. Wenn sie für mich einen Paß fälschen können, dann können sie dieses Ding doch im Schlaf fälschen.

Er packt Bagley, der alles widerstandslos geschehen läßt, und zerrt ihn hoch.

FRAYNE Mit ihrem Gefolge! Mit ihrem ganzen verdammten Gefolge! Antworten Sie! Geben Sie die Gegenparole!
Frayne schüttelt Bagley hin und her wie eine Puppe.
BAGLEY Oui, oui, oui. Non, non, non, non.
Frayne läßt ihn los. Bagley setzt sich erschöpft hin.
FRAYNE Aufgepaßt. Ich schreibe Ihnen jetzt auswendig vier Sätze auf, die ich mit den Wörtern der korrekten, festgelegten Erwiderung auf »Mit ihrem Gefolge« mischen werde. Wenn Sie, wie ich stark vermute, ein Aushilfsangestellter der Sowjetbotschaft sind und sich als Mitglied von M I 5 ausgeben, kann Ihrem Gedächtnis gern auf die Sprünge geholfen werden. Und dann identifizieren Sie sich.
Er holt ein kleines Notizbuch mit Aufdruck ON HER MAJESTY'S SERVICE *aus den Tiefen seines Anzugs, schnappt mit dem Finger. Bagley reicht ihm einen Stift. Frayne schreibt schnell und ohne zu zögern, reißt dann das Blatt heraus und drückt es Bagley in die schlaffe Hand.*
BAGLEY Das ist doch lächerlich.
FRAYNE Lesen Sie.
BAGLEY Vollkommen witzlos.
FRAYNE Lesen Sie.
BAGLEY »Ich trete für die Bürgerrechte ein.« »Dieses Land geht demnächst vor die Hunde.« »Der Herr sorgt für die Seinen.« »Der freie Handel ist unsere einzige Hoffnung.« »Der

Sowjetunion gebührt größte Anerkennung für ihre Bemühungen um die Aufrechterhaltung des Friedens.«
FRAYNE Na?
BAGLEY *Gibt den Zettel zurück:* Sehr gute Sätze, aber ich kann nichts damit anfangen, mit keinem. Bedaure.
Unter wildem Grimassieren holt Frayne wieder seine Pistole aus der Tasche, lädt durch und macht die Waffe schußbereit.
FRAYNE An dieser Strecke gibt es wunderbare Stellen — Gräben, Unterführungen, Rangiergeleise, Hecken. Wo möchten Sie am liebsten tot gefunden werden?
BAGLEY Überhaupt nicht.
FRAYNE Wen lassen Sie zurück?
BAGLEY Eine Schwester in Hastings, eine Mutter.
FRAYNE Aha — von Frauen aufgezogen. Das sieht ja auch ein Blinder. Was ist denn Papa passiert? An einem Samstagabend unter die Räder eines Omnibusses geraten, eh?
BAGLEY *Seine Familienehre ist getroffen:* Er war ein tapferer Infanterieoffizier, der in Frankreich gefallen ist. Sie werden mich ja nicht für so geschmacklos halten, daß ich auch das erfinde.
FRAYNE *Nach einer Pause:* Ich werde Sie töten. Wie ich Charlie getötet habe.
BAGLEY Das ist eine dumme Lüge, und das wissen Sie auch. Charlie hat Sie sitzenlassen. Er

hat sich vor sechs Wochen abgesetzt, mit einer Aeroflot-Charter-Maschine ab London Flughafen, wenn Sie Details interessieren. Und Sie dürfen die Zeche zahlen.

FRAYNE *Alles dreht sich bei Frayne. Er sucht nach Worten — sie kommen nicht. Schließlich flüstert er:* Das ist nicht wahr. Ich habe versagt. Ich habe ihn getötet. *Laut und steif:* Nein, nein, nein. Das hätte Charlie niemals getan, niemals. Es war ein Täuschungsmanöver. Ein Double, nehme ich an. Ah, er beherrschte alle Tricks. Nein, das hätte er nie getan. Nein. Nein, nein. Nein, ich fürchte, da sind Sie einem Irrtum aufgesessen, Kleiner.

BAGLEY Er hat Solomon mitgenommen. Erinnern Sie sich an Solomon, seinen Fahrer? Solomon machte auch die Fotoarbeiten, glaube ich, er entwickelte die Filme. Sie sind zusammen weg.

Frayne schließt die Augen mit einem Ausdruck tiefen Schmerzes.

BAGLEY Es tut mir leid — ich dachte, Sie wüßten es. Sonst hätte ich es Ihnen schonender beigebracht.

Frayne sitzt wieder dem Fenster zugewandt, konzentriert sich sehr steif und still auf die Landschaft. Schließlich:

FRAYNE Ich habe die Orientierung verloren. Ich weiß nicht, wo wir sind. Ich kenne jeden Baum an dieser Strecke, aber jetzt finde ich mich nicht mehr zurecht. Wo sind wir bitte, Bagley?

BAGLEY Ungefähr eine Stunde hinter Edinburgh.

FRAYNE Die Lichter da drüben habe ich noch nie gesehen. Auf dem Hügel dort. Sieht wie ein Dorf aus. Manchmal sieht man plötzlich alles neu, wie nach einem Krankenhausaufenthalt. Wissen Sie zufällig den Namen von diesem Dorf, Bagley? Sieht aus wie Monte Carlo oder Griechenland oder etwas Exotisches. *Dreht sich erschrocken um:* Bagley?

BAGLEY Ja.

FRAYNE Ich dachte, Sie wären gegangen. *Schweigen.* Diese Hügel sind wie die Schneide einer Axt. Hacken dich entzwei.

Schweigen. Frayne sieht angespannt auf die fernen Lichter.

FRAYNE Mir fällt wieder diese fantastische Sache mit den Sternen ein; viele von ihnen sind vor Millionen von Jahren erloschen. Was wir sehen, ist ... die Erinnerung. Dennoch, man muß sich nach ihnen richten, nicht wahr? Wahrscheinlich konnte er mir keine Nachricht mehr zukommen lassen. Hatte alle Hände voll zu tun, nehme ich an — Packen, letzte Instruktionen, Dokumente verbrennen ...
Sogar ihren Abfall, wissen Sie, leere Konservenbüchsen, all das, haben sie immer in den Müllzerkleinerer der Botschaft geschafft. Fan-

tastische Sicherheitsmaßnahmen, also wirklich, vorbildlich. Das muß man bewundern.
Ja, ich kann mir vorstellen, daß er in diesen letzten Stunden sehr beschäftigt war, sehr beschäftigt.
BAGLEY Frayne.
Als Frayne weiterspricht, klingt seine Stimme schrill und wirr.
FRAYNE Also die Beziehung zwischen uns, müssen Sie wissen, war über jeden Verdacht erhaben. Sie können's drehn, wie Sie wollen, im Iglu wohnt der Eskimo. Nichts ändert sich. Und wenn ich ihn in zweiundvierzig Jahren wiedersehen würde — nichts hätte sich geändert.
BAGLEY Frayne, kommen Sie zu sich.
FRAYNE Es gibt einen Spruch, der mir immer besonders gefallen hat. Ideale sind wie Sterne — wir können sie nicht erreichen, aber wir profitieren von ihrer Existenz. Ein bemerkenswert gut formulierter Gedanke.
Er hat keine Nachricht für mich hinterlassen, wie? Ich habe auf die üblichen Zeichen geachtet, aber da war nichts. Ich habe meinerseits Zeichen gegeben. Ja. Aber alles kann der Mensch eben nicht haben. Sie haben ihn also bis zum Flugzeug begleitet?
BAGLEY Es war ein Wochenende. Ich hatte Wache. Ich und Montpelier. Neulinge kriegen immer die Wochenenden.

FRAYNE Wie sah er aus?
BAGLEY Recht munter.
FRAYNE Er war immer munter.
BAGLEY Solomon trug die Koffer.
FRAYNE Solomon konnte ich nie sonderlich leiden. Sehr humorloser Mensch, wenn Sie mich fragen. Äußerst. *Pause.* Hat er sich überhaupt noch einmal umgedreht? Einen Blick über die Menge geworfen? Oder ist er direkt eingestiegen?
BAGLEY Wir standen auf der Besucherterrasse. So gut konnte ich's nicht sehen, aber ich hatte den Eindruck, daß er einfach eingestiegen ist und die Tür sich schloß.
FRAYNE Haben Sie zufällig die Maschine noch starten sehen?
BAGLEY Wir haben gewartet, bis sie in der Ferne verschwunden war.
FRAYNE Nein. Nein. Nein. Nein, nein. Nein, ich fürchte, da halten Sie mich mal wieder zum besten, Kleiner. Charlie ist nur untergetaucht. Der weiß, wie man's macht. Er hat einen eleganten Trick angewandt, um der Überwachung zu entgehen. In der Hinsicht war er wirklich wie eine Katze. Wie eine Katze. *Zu Bagleys wachsender Beunruhigung gerät Frayne immer mehr über den Rand noch erträglicher geistiger Normalität in einen Zustand bewußten Nicht-begreifen-Wollens.* Eine Katze, um dich warm zu halten. Wie *schmuggelt* man eine *Kat-*

ze? Man fängt sie mit einem Netz, umzingelt sie, setzt sie in einen begrenzten Raum, wie es Ihrer Majestät beliebt. Wie es Ihrer Majestät Gefolge beliebt. Ich kann nicht winken, ich ertrinke. Eh?

BAGLEY *Sehr laut:* Halten Sie den Mund!

Frayne wendet sich um und starrt Bagley an. Bagley hat seinen Koffer geöffnet und eine Reiseflasche Cognac herausgenommen. Er gießt sich einen kräftigen Schluck ein und spült ihn hinunter, verstaut die Flasche wieder im Koffer, legt sich den Koffer auf die Knie und auf den Koffer den »Cricketer«. Er beginnt wieder zu lesen.

FRAYNE Was soll denn das?

BAGLEY Halten Sie bitte den Mund. Hören Sie auf, mich zu verhöhnen, ich habe genug. Okay. Er war groß, er war ganz groß, er war mir meilenweit überlegen. Und — was wollen Sie dagegen tun? Mich nochmals schlagen? *Lassen Sie mich in Ruhe!* Großer Gott im Himmel! Den ganzen Tag kriege ich's im Büro, und von Ihnen höre ich's mir nicht auch noch an, verdammt noch mal! Wo ist Bagley? Holt Bagley! Bagley hat da wieder mal gepfuscht! Warum war Bagley gestern nacht nicht da? — Ich bin ein Versager. Ich weiß es ja, haha. Also halten Sie jetzt den Mund und lassen Sie mich in Ruhe!

Frayne beobachtet mit Erstaunen, wie sich Bagley verbissen durch seine Lektüre quält. Bagley läßt den Kopf tiefer und tiefer sinken. Er wehrt sich, bricht aber dann doch zusammen, begräbt das Gesicht in den Händen und schluchzt dabei hilflos.

FRAYNE Bagley. Bagley. Bagley, hören Sie doch. *Bagley hat sein Ziel erreicht. Er hat Frayne aus seiner gefährlichen Versunkenheit heraus- und zu sich zurückgeholt.* Kommen Sie — tun Sie erst mal diese dumme Zeitschrift weg. Was soll denn das? Das macht doch kein *Mann!* Hören Sie — es ist doch nicht *Ihre* Schuld. *Er faßt ihn an der Schulter.* Kommen Sie, kommen Sie. Siebenundzwanzig Jahre alt ... M I 5. Was würde Ihr Vater dazu sagen, wenn er noch am Leben wäre, Bagley! Kommen Sie, die Welt steht Ihnen offen. Sie haben noch alles vor sich! Nicht wie ich altes, abgewirtschaftetes Klappergestell. Sie sind ein hübscher Junge. Was soll denn das?

BAGLEY *Fängt sich wieder langsam:* Verzeihung. Es ist nur, weil ... Verzeihung.

FRAYNE Was ist denn in Sie gefahren? Hm? Mir können Sie's doch sagen, oder?

BAGLEY Ach, weil mir immer alles schiefgeht. Ich bin siebenundzwanzig, ja. Wollen Sie den Rest wissen? Militärakademie nicht geschafft, Prüfung für den Kolonialdienst nicht geschafft, als Kaffeepflanzer in Kenia gescheitert. Und jetzt ein gescheiterter Spion. Das ist alles. Zu M I 5 bin ich nur gekommen, weil mein Vater mit Magee auf der Schule war. Lachen Sie ruhig.

FRAYNE Ich lache nicht.

BAGLEY Im Büro werden sie lachen, das können Sie mir glauben. »Wieder mal echt Bagley!« Ich schaff's eben nicht. Ein Job nach dem andern ... eine Pleite nach der andern ... und nun das. Meine Mutter setzt mir die ganze Zeit damit zu, daß sie meinen Vater aufs Tapet bringt, was *er* wohl dazu gesagt hätte. Tante May macht dabei mit. Wer bin ich denn überhaupt noch? Sie sind so stark ... so erfahren ... Sie werden mit so was fertig ... Sie wären schon mit siebenundzwanzig damit fertig geworden, bestimmt. Ich nicht. Ich bin ein Versager. Und das jetzt gibt mir den Rest.

FRAYNE Bagley, hören Sie, hören Sie mir zu — ist doch nicht Ihre Schuld, wenn es über Ihre Kräfte geht. Man hat Sie ins tiefe Wasser geworfen — dafür können *Sie* nichts. Niemand kann Ihnen was am Zeug flicken. Bagley, hören Sie, hören Sie mir doch mal zu. Eigentlich ist es doch ein Kompliment. »Bring uns sein Geständnis.« Was sind denn das für Reden? »Stiehl die Kronjuwelen«, das wäre auch nichts anderes. Ein Geständnis. Das will vorbereitet sein und erarbeitet, mühselig und im Schweiße des Angesichts. Also kommen Sie. *Er gibt ihm sein Taschentuch.* Man hätte Sie genauso gut gleich aus der Schule nehmen, Ihnen einen Kricketschläger in die Hand und Sie in die englische Nationalmannschaft stecken können. Bitte. Das heißt doch noch lange nicht, daß Sie unbegabt sind. *Er setzt sich neben Bagley.* Ein Geständnis ist ... langes, langes Werben. Sorgfältig ausgeklügelte gegenseitige Täuschung, die sich auf gegenseitige Unentbehrlichkeit und Liebe gründet.

BAGLEY *Schniefend:* Sie sollten bei uns Ausbilder sein.

FRAYNE Kein schlechter Witz ... Aber ich sage Ihnen was: Ich und Ihr Mister J. R. Magee, wir werden demnächst ein Tête-à-tête haben — die Sache ist noch nicht ausgestanden.

BAGLEY Aber Sie halten mich da heraus?

FRAYNE Machen Sie sich mal keine Sorgen, Paul, ja?

BAGLEY Gut.

FRAYNE Zigarette?

BAGLEY Nehmen Sie eine von mir.

Jeder nimmt vom anderen eine Zigarette und zündet sie sich an.

FRAYNE Na? Besser jetzt?

BAGLEY Hm.

FRAYNE Das meine ich doch. Aber ich muß ja sagen, ein kleiner Teufel sind Sie trotzdem, wie? Daß Sie mir Ihren Cognac vorenthalten, meine ich. Noch dazu nach der Sache von Charlie und dem Wodka. Habe ich recht?

Mit einem kleinen Lachen holt Bagley wieder seine

Reiseflasche aus dem Koffer und gibt sie Frayne. Sie trinken einander schweigend zu. Schließlich nimmt Frayne Bagley die Flasche wieder ab — wobei sich ihre Hände kurz berühren —, verschließt sie und legt sie neben sich auf den Sitz.

BAGLEY Ja.

FRAYNE Charlie ist nicht wirklich abgehauen, oder? Das haben Sie mir nur vorgegaukelt, nicht wahr?

BAGLEY Klar.

FRAYNE Sie wollten mich ... eh ... treffen, nehme ich an ... mir zusetzen.

BAGLEY So was Ähnliches.

FRAYNE Nur Vorsicht, Sie können wirklich einmal *Schaden* anrichten, wenn Sie mit solchen Schlichen operieren.

BAGLEY Ja, das habe ich eingesehen. Es tut mir leid.

FRAYNE Gut. Gut. Jetzt hören Sie zu. Ich habe nachgedacht, verstehen Sie? Ich denke nach, wo ich gehe und stehe, so ist das bei mir. So wird's auch bei Ihnen eines Tages sein. Aber ich will keine Tränen mehr sehen. Versprochen?

BAGLEY Mm.

FRAYNE Jetzt lassen Sie mich mal ausreden. *Bagley nickt.* Durch einen dummen Zufall, ohne Ihre Schuld, sitzen Sie sozusagen ein wenig in der Tinte. Es ist nicht das erste Mal, es wird nicht das letzte Mal gewesen sein. Gibt es denn

im Leben etwas, was sich zu tun lohnt, was nicht Risiken, Enttäuschungen, alle möglichen Qualen und Schmerzen enthielte? Wenn Ihr Dad heute noch lebte, würde er dasselbe sagen. Bestimmt.
Bagley nickt wieder.
FRAYNE Es regt Sie nicht zu sehr auf?
BAGLEY Ich bin jetzt wieder in Ordnung.
FRAYNE Ich will es nicht beschönigen, wissen Sie.
BAGLEY Nein.
FRAYNE Wir wollen das Kind beim Namen nennen.
BAGLEY Klar.
FRAYNE Man ist besser dagegen als dafür.
Bagley nickt.
FRAYNE Ich mache mir Sorgen, Paul.
BAGLEY Ich weiß.
FRAYNE Ich mache mir Sorgen über die Sicherheit unseres großen Landes, wenn es Männern und Frauen wie Magee anvertraut ist.
BAGLEY *Sehr ruhig:* Ich weiß.
FRAYNE Ich weiß sehr wohl zu schätzen, daß Sie hier praktisch in der Lage des unschuldigen Zuschauers sind. Stimmt's? Aus den verschiedensten Gründen ist es äußerst schwierig für Sie.
BAGLEY Ja.
Frayne läßt Bagleys Hand los, steht auf, stellt sich vor Bagley hin.

FRAYNE Wann sind Sie bei M I 5 eingetreten, Paul? Beantworten Sie nur die Frage.
BAGLEY Im Juni '69.
FRAYNE Vor einem halben Jahr also. Haben Sie eine Prüfung gemacht?
BAGLEY Nein, das wissen Sie doch. Magee hat mich durch die Hintertür hineingelassen.
FRAYNE Haben Sie irgendeine Ausbildung bekommen?
BAGLEY So etwas Ähnliches.
FRAYNE Und Onkel Magee hat Sie mit dieser Geschichte beauftragt, stimmt's, Paul?
BAGLEY Ja.
FRAYNE Und da sind Sie also.
BAGLEY Ja.
FRAYNE Ausgestattet mit einem ungeladenen Revolver, einem absolut kompromittierenden Ausweis und der Order, einem Mann, den Sie nie zuvor gesehen haben und der sich noch dazu als ausgewachsener höherer Beamter entpuppt, ein Geständnis zu entlocken. Ist das korrekt, Paul?
BAGLEY *Bricht fast zusammen:* Ja, es hört sich gar nicht gut an.
FRAYNE Hören Sie zu, Paul, laufen Sie mir nicht wieder davon. Womit wir's hier zu tun haben, so wie ich die Sache sehe, ist Unfähigkeit absolut fantastischen Ausmaßes. Sie und ich, jeder auf seine Art und von seiner Warte aus, wir haben heute das bloßliegende Herz der

britischen Abwehr gesehen. Ich mache nicht
nur Worte, Paul, das wissen Sie doch, nicht
wahr?
BAGLEY Ich höre Ihnen nur zu gern zu.
FRAYNE *Warnend:* Na, na, Paul.
BAGLEY Ich weiß, daß es stimmt, was Sie sagen
— daß alles wahr ist.
FRAYNE Ich vermute, daß Sie jemand anderes
abfliegen sahen.
BAGLEY Ein Double.
FRAYNE Und was Solomon betrifft, den können
sie jederzeit haben. Umsonst.
BAGLEY Solomon ist ein Idiot. *Schweigen.*
FRAYNE Also gut, ich wiederhole. Sie trifft keine
Schuld. Ich möchte sogar soweit gehen und
sagen, daß Sie sich ungewöhnlich gut gehalten haben — angesichts Ihrer Unerfahrenheit,
der mangelnden Instruktion und der fantastischen Fehleinschätzung der höheren Char-
gen.

*Bagley stößt geschmeichelt einen kleinen Seufzer
aus.*

FRAYNE *Streng:* Aber damit hört es auch auf. Das
ist Endstation, Paul. *Schweigen.* Sie können nur
noch eins tun, Paul: reinen Tisch machen.
Sprechen Sie frei heraus, und überlassen Sie
es den Erwachsenen, die Sache ins reine zu
bringen, ja? Die ist nämlich ... könnte Dreyfus
sein. Oder Burgess oder McLean — das Aus-
maß hat sie. Sie tun mir leid, Paul, aber Sie ha-

ben eine fantastische Erfahrung gemacht. Wenn Sie Ihre Chance nutzen, können Sie sogar davon profitieren. Das hängt von Ihnen ab. Also. Ich möchte, daß Sie zum Anfang zurückgehen, zum Anfang ... Erzählen Sie Ihre Geschichte Schritt für Schritt, wie Sie sie erlebt haben. *Schweigen.* Hören Sie mich, Paul? Paul!
Bagley scheint plötzlich eine Erleuchtung zu erfahren. Er sieht Frayne an, Glanz und Hoffnung in den Augen. Er ergreift seine Hand und kniet vor ihm nieder.

BAGLEY Sie sind groß. Wirklich groß. Ja.
FRAYNE Spitzenklasse, Paul.
BAGLEY So groß wie Philby?
FRAYNE *Lacht zweifelnd:* Philby, Fuchs, Pontecorvo — die wiegen mich zusammengepackt und verschnürt noch nicht auf.
BAGLEY Hat das Charlie gesagt?
FRAYNE Oft.
BAGLEY Wie lange sind Sie schon dabei?
FRAYNE *Schweigt lange, während er auf Bagley hinuntersieht:* Acht Jahre.
BAGLEY Und während der ganzen Zeit haben Sie alles verraten, was Ihnen unter die Finger kam: militärische Anlagen, strategische Pläne, Produktionsziffern ... Alfred!
FRAYNE Mm.
BAGLEY Sie haben gesagt, *Sie* mögen mich. Gilt das immer noch?

FRAYNE Natürlich.
BAGLEY Vertrauen Sie mir dann! *Schweigen.* Instruieren Sie mich. Weihen Sie mich ein. Sie sind meine einzige Hoffnung, sehen Sie das nicht? Niemand nimmt mich ernst. Niemand mag mich. Niemand glaubt an mich. Ich habe es wieder und wieder versucht ... Unschuldige zu verführen, Agenten zu werben, zu korrumpieren, kleinzukriegen, umzudrehen ... und jetzt, endlich, ist zum erstenmal die Möglichkeit, ihnen das Gegenteil zu beweisen, greifbar nahe gerückt.
Frayne, nervös geworden, versucht, sich von Bagley freizumachen, aber Bagley klammert sich an ihn.
BAGLEY Ihnen geht's gut ... Sie haben alles ... Erfolg, Sie haben einen großen Verrat vollbracht, Sie haben einen Namen, mit dem man ständig etwas beschwören kann. Sie sind magisch! Ein gescheiterter Etonschüler unter all diesen raffinierten Grammar-school-Emporkömmlingen? Ich beobachte sie, ihre Vulgarität, ihre Schlauheit, ihre Rücksichtslosigkeit, ihre Vertrautheit mit all den Varianten der sieben Sünden ... Erinnern Sie sich nicht mehr an Ihre eigenen frühen Jahre ... an Versagen, Eifersucht, Einsamkeit? Erinnern Sie sich nicht mehr an Ihre Sehnsucht, zu den anderen zu gehören, Macht über sie zu haben. Macht über sie zu haben, Frayne. Macht. Sie von innen

zu beherrschen. Sie zu lenken und die Peitsche über sie zu schwingen.

FRAYNE *Weicht zurück:* Lassen Sie mich los!

BAGLEY Sie müssen mein Lehrer werden, Alfred: bringen Sie mir bei, wie Charlie Sie gewonnen hat. Bringen Sie mir die Zauberformel bei.

Auch um Ihretwillen. Sehen Sie nicht Ihre Chance, Alfred? Unsterblichkeit winkt. Keiner hat es je gewagt. Keiner von den Großen, wie sie alle heißen ... Philby, Penkovsky, Abel ... keiner von ihnen ist je so weit über sich hinausgewachsen. Die Welt wartete. Mit angehaltenem Atem. Auf die Enthüllung. Die nie kam. So daß die Welt schließlich wußte — sie wurden ihrer Berufung nicht gerecht. Letzten Endes waren sie keine großen Männer. Natürlich haben sie *gesehen*. Als Betrüger waren sie sehr fähig. Aber als Propheten ihrer Zeit haben sie versagt. Weil niemand die Fackel übernahm. Ihre Taten starben mit ihnen. Ihre Leben verschwanden in der Müllgrube der ungeschriebenen Meisterwerke. Aber Sie und ich, wenn wir nur diesen Moment zu packen wüßten — da gäbe es nichts, was wir nicht mit vereinten Kräften erreichen könnten.

FRAYNE Nein, Paul. Nein, ich ...

BAGLEY Eine unterschriebene Erklärung. Kein Geständnis, Geständnis wollen wir es nicht nennen, Geständnis schließt Schuld ein, und

in unserer Welt ist Schuld irrelevant, ein Abstraktum. Sehen Sie mich nicht vor sich, wie ich Magee die Erklärung überreiche? Sehen Sie nicht mein Gesicht? Glühend vor Stolz. Hundert Seiten, eng mit Maschine beschrieben. Namen, Orte, Codes, Termine, Parolen, Kanäle, Zahlungen, Unter-Agenten, Warnsysteme, Autonummern, Treffpunkte, Briefkästen. Und nicht zögernd hingesetzt, nicht die stammelnde, halbherzige Erklärung des in die Enge getriebenen Spions, sondern mit Stil, stolz, auf Charlies Art: »*Hier steht, was ich getan habe und wie ich es getan habe!*« Und am Ende, auf der hundertsten Seite, Ihre Unterschrift, Ihr Name in großen schwungvollen Buchstaben: Frayne. Nicht eine Zahl, kein Deckname, nicht Felix oder Thomas oder Solomon: *Frayne.* Der eine Welt vergewaltigte, die glaubte, *sie* hätte *ihn* in ihrer Gewalt. Der aufrecht daherkam, wenn sie glaubten, daß er kröche; der liebte, wenn sie glaubten, daß er teilnahmslos sei. Frayne, *Meister.* Und danach?
Herrschen wir. Wir beide zusammen. Es gibt keine Schwierigkeiten, die wir nicht meistern können. *Schweigen.* Na, was ist denn?

FRAYNE Sie haben mich etwas verwirrt, muß ich gestehen.

BAGLEY Nein, Alfred, Sie haben mich verwirrt. Jetzt müssen Sie mir helfen, die Dinge zurechtzurücken.

FRAYNE   Ich will kein Rampenlicht. Das ist nicht meine Art.

BAGLEY   Keine Angst. Nur die Geheimwelt wird es erfahren.

FRAYNE   Machen Sie so was nicht noch einmal. Ich mag es nicht, wenn Sie ... stürmisch werden. Ich mag's nicht, wenn Sie so sind ... Bei mir muß alles ... intim sein. Nur Sie und ich. Ganz in Ruhe. *Er zieht seine Hand zurück, starrt sie an.* Nein, Paul, das wäre mir nicht möglich.

BAGLEY   Natürlich könnten Sie es. Sie würden mit mir arbeiten, es würde Ihnen gefallen.

FRAYNE   Es ist ... wegen Charlie, verstehen Sie.

BAGLEY   *Brutal:* Zum Teufel noch mal, Sie denken doch nicht immer noch an Charlie, oder?

FRAYNE   Er ist doch nicht wirklich weg, oder? *Er wendet sich ab, kämpft um seine Fassung.* Sie wollten mir erzählen, wie es zu unserer Begegnung gekommen ist. Ich möchte gern, daß Sie fortfahren, Paul. Ich möchte gern, daß Sie an dem Punkt noch einmal beginnen.

Mit einem Ausdruck, der durchaus echter Haß sein könnte, betrachtet Bagley eine Weile den gebeugten, eigensinnigen Rücken seines Reisegefährten. Verstohlen sieht er auf seine Uhr. Schließlich:

BAGLEY   Gut. Beginnen wir also dort. Haben Sie je von Rosie Franklyn gehört?

FRAYNE   Sie ist eines von Magees Mädchen, oder?

BAGLEY   Jetzt.

FRAYNE   Aha. Ein Zugang.
BAGLEY   Sie ist das Mädchen, das ich in Edinburgh besucht habe. Ein Routinefall. Wir hatten gerüchteweise gehört, daß sie an einen Diplomaten von hinter dem Eisernen Vorhang geraten war.
FRAYNE   Also sind Sie zu ihr gefahren, um mit ihr zu sprechen.
BAGLEY   Nicht gleich. Erst haben wir sie weichgekocht.
FRAYNE   Gewalt?
BAGLEY   Du liebe Zeit, nein. Hat Charlie Ihnen nicht gesagt, was Weichkochen ist? Das wundert mich aber. Das ist doch die große Mode allenthalben. Desintegrieren, nennt es Magee. Er ist so was wie ein Amateurpsychologe.
FRAYNE   Würden Sie sich bitte etwas klarer ausdrücken.
BAGLEY   Es handelt sich um einen Prozeß, bei dem ein Verdächtiger, beziehungsweise eine Verdächtige, nach und nach aus seiner, beziehungsweise ihrer, Umwelt herausgelöst wird. Zunehmender Entzug von Bindungsobjekten. Die meisten, die sich auf Spionage einlassen, sind doch einseitig fixiert. Nicht notwendigerweise politisch — aber *irgendwas* findet man immer. Elektrische Eisenbahn, Frauen, Wagen, Alkohol, Rosen, Geld ...
Es gibt immer etwas Besonderes, was sie an die Welt bindet. Und nimmt man ihnen das

weg, verlieren sie den Boden unter den Füßen. Das Ganze geht natürlich schrittweise. Der erste Schritt bei einer Desintegrierung ist zum Beispiel ... ach, fast nichts. Eine rückwirkende Steuerforderung zum Beispiel, vierhundert Pfund Nachzahlung. Oder wenn es ein Wagen ist, sorgen wir vielleicht für einen Totalschaden. Können Sie mir folgen?

FRAYNE Weiter.

BAGLEY In Rosies Fall war es ein Kind. Sie hatte ein uneheliches Kind. *Spöttisch:* Ließ jemand fallen, wissen Sie. Ein netter kleiner Junge. Ohne ersichtlichen Grund wurde er plötzlich in der Schule schlecht. Schlechte Noten, dauernde Klagen. Für so einen Job braucht man natürlich Unterstützung an Ort und Stelle. Sie arbeitete in der Admiralität. Ich wußte bis dahin gar nicht, daß die *Admiralität* in Edinburgh sitzt — Sie?

Schließlich wurde der Kleine von der Schule verwiesen. Da der Vater nicht mehr da war, blieb Rosie auf sich gestellt. Charlie hätte ihr schon wahrscheinlich geholfen, aber Charlie hatte sich ja abgesetzt, nicht wahr?

FRAYNE Charlie?

BAGLEY Warum nicht?

FRAYNE Was hat denn Charlie damit zu tun?

BAGLEY Sie war Charlies Agentin. Habe ich das nicht klargemacht? Entschuldigung. Dadurch sind wir ja schließlich auf Sie gestoßen, Alfred.

Habe ich das nicht erwähnt? Wir sind dabei, Charlies Organisation aufzurollen.

FRAYNE *Explodiert:* Charlie hatte *keine* Organisation! Ich war der einzige. Nur ich. Er hatte sonst niemand — das wäre ihm nicht im Traum eingefallen! Ich war alles für ihn. Meinetwegen war er ja überhaupt nach London gekommen. Um *mich* anzuwerben.

BAGLEY *Geht zur Offensive über:* Rosie hat er viel von Ihnen erzählt. Das war seine Art, sich zu entspannen. *Danach,* verstehen Sie. Im Bett. Von den Schwierigkeiten im Umgang mit einem Psychopathen. Eng aneinandergeschmiegt haben sie unter trägen Zärtlichkeiten ganz schön über Sie gelacht. Ihr Name fiel natürlich nie, nur der Spitzname. Langohr. Rosie fand ihn herrlich. »Was gibt's Neues von deinem Langohr, Charlie?« *Kichert.* Rosie war *nicht* sehr schwer zu knacken.

Hätte ich das nicht sagen dürfen?

FRAYNE Sie wollen ihn mir wegnehmen. Sie wollen mich unsicher machen.

BAGLEY Also ich glaube, wenn Sie Rosie erlebt hätten —

FRAYNE Halten Sie den Mund! Sie haben schon genug Schaden angerichtet. Ich sehe Sie überhaupt nicht mehr als Unschuldslamm, wenn ich das höre. Ganz und gar nicht. Ich bekomme jetzt langsam ein völlig anderes Bild von Ihnen.

BAGLEY Ich habe getan, was ich für das Beste hielt.

FRAYNE Ja, ja, natürlich: Herumintrigieren, das Leben von anderen Leuten durcheinanderbringen, ihnen Geständnisse entlocken. Sie sind doch schließlich Bürger. Unschuldig, bis ihnen eine Schuld nachgewiesen worden ist, nicht wahr? Wo sind wir denn eigentlich? In Rußland? Er hat Frauen gehaßt, genau wie ich. Er hat sich immer nur über sie lustig gemacht. Das ist alles nicht wahr!
Sie können verdammt froh sein, wenn Sie nicht vor Gericht enden, so wie Sie's treiben! Einen Jungen, ein Kind ... Das sind ja dreckige Methoden, dreckig, und so was bei Ihrer Erziehung!

BAGLEY Das gehört eben zur Routine.

FRAYNE Ich bin nicht Routine! *Er legt sich die Hände über die Ohren und schreit diesen Satz wieder und wieder.* Ich nicht! Ich nicht! Ich nicht!
Bagley sieht wieder verstohlen auf seine Uhr.

FRAYNE Ich nehme an, Magee hat den ganzen Wagen hier gebucht, wie? Alle Sitze hier. Um mich zu isolieren. Er hat mich von meinen Freunden getrennt, von allen Gefährten. Er hat sie mir weggenommen. Und wo ist Mrs. Partridge, wo ist meine Katze, wo sind meine Rosen. Großer Gott, als nächstes vergiftet er die Vögel in den Bäumen.

BAGLEY Seine Theorie ist —

FRAYNE Ich pfeife auf seine Theorie! *Totenstill.* Das ist erfunden, nicht wahr, das mit Rosie Franklyn? Das mit ihr und Charlie? Oder?

BAGLEY Ziemlich gemein von einem Vater, wie, sich so zu verhalten? Den eigenen kleinen Jungen preiszugeben, aus der Mutter eine Verräterin zu machen.

FRAYNE Wieso Vater?

BAGLEY Habe ich Ihnen das nicht gesagt? Es war Charlies kleiner Junge. Iwan nannten sie ihn im geheimen. Charlie war ganz verrückt nach ihm — solang es ihm in den Kram paßte. Dann verlor er das Interesse. Ab mit Schaden. *Der Zug hält. Frayne richtet sich senkrecht auf, sieht sich um. Sein Gesicht wird starr.*

FRAYNE Ich bleibe nicht gern stehen. Ich liebe Bewegung.

BAGLEY Das tun wir alle.

FRAYNE Ich kann nicht reden, wenn wir stillstehen.

BAGLEY *Leise:* Es geht doch um die Reise. Nicht ums Ziel.

FRAYNE Die verdammte Britische Eisenbahn. Verursacht Klaustrophobie und ich weiß nicht was. Hat man denn überhaupt kein Mitleid mit den armen Schweinen in der zweiten Klasse? *Er scheint etwas zu hören, steht plötzlich auf, starrt aus dem Fenster.*

BAGLEY Wenn ich Sie wäre, würde ich das nicht tun.

Frayne zieht am Fenstergriff.

BAGLEY Sie kriegen es nicht wieder zu. Lassen Sie es, Frayne.

FRAYNE *Starrt durch das offene Fenster hinaus:* Was ist denn das? Was sind das für Männer? Da! Draußen auf den Gleisen!

BAGLEY Streckenarbeiter, vermutlich.

FRAYNE Das sind doch keine Streckenarbeiter. Das können Sie einem anderen erzählen. So groß. So jung.

BAGLEY *Tritt neben ihn ans Fenster. Schließlich:* Ich sehe niemanden.

FRAYNE Sehen Sie doch! Machen Sie Ihre dummen Augen auf! Da, schwarze Schatten gegen den Himmel. Mäntel tragen sie. Lange Mäntel!

BAGLEY Nein. Das sind keine Männer. Das sind Hydranten.

Er setzt sich hin, nimmt wieder den »Cricketer« zur Hand. Metallisches Klopfen und Rufe von Arbeitern dringen von draußen herein.

FRAYNE Da! Was habe ich gesagt!

Bagley sieht erstaunt auf.

BAGLEY Wo? Was?

FRAYNE Männer. Da! Leute! Sie wimmeln doch da herum und klirren mit Metall. Hören Sie es denn nicht?

Bagley lauscht. Die Geräusche sind deutlich hörbar.

BAGLEY Tut mir leid, ich höre nichts.

Hammerschläge.

FRAYNE *Flüstert:* Paul, das müssen Sie doch hören. Um Himmels willen, Bagley — wenn Sie nicht von allen guten Geistern verlassen sind, hören Sie doch — der Hammer. *Schweigen.*
Tun Sie was, verdammt noch mal! Los! Ich verlange, daß Sie sofort etwas unternehmen.
Er stürzt sich auf Bagley, schüttelt ihn heftig. Bagley reagiert nicht.

FRAYNE Sie kommen in keiner Beziehung an ihn heran! Sie bleiben Millionen von Meilen hinter ihm zurück. Sie haben nicht ein Zehntel, nicht ein Zwanzigstel von ihm.
Wissen Sie, was Charlie jetzt tun würde?

BAGLEY Rosie bumsen, würde ich sagen. Und über den armen Frayne kichern.

FRAYNE *Sucht nach Worten:* Der — der hatte mehr im kleinen Finger als Sie in Ihrer ganzen Jammergestalt, obwohl er ein Ausländer war. Sie könnten genausogut einen klapprigen Morris neben einen verdammten Rolls Royce stellen! Charlie war ein *Spion* — ein russischer Top-Spion. Nicht ein fünftklassiger Reserve-Amateur des britischen Geheimdienstes!
Bagley bleibt weiter in seine Zeitschrift vertieft.

FRAYNE *Am Fenster, anderer Ton, sehr steif:* Ich werde Zigaretten verlangen. Ich bestehe auf einer Extraration Zigaretten.

BAGLEY Ich tue, was ich kann.

FRAYNE Und Farbe! Eure grau getünchten Wände kommen nicht für mich in Frage.

BAGLEY Ich werde es weitergeben.

FRAYNE Und eine Bibliothek will ich auch. Das habe ich beschlossen. Das mag ich gern. Einen Band herausziehen und lesen. Nach und nach füllen sich die Regale. *Laut, in einem Oberschicht-Tonfall:* »Jane Austen habe ich immer um diese Zeit des Jahres gelesen, das ist besser als Ferien.« Und ich verlange, daß gut für die Katze gesorgt wird.

BAGLEY Für die Katze wird gesorgt.

FRAYNE *Starrt durchs Abteil:* Ein anständiger Platz, wenn ich bitten darf. Ein richtiges Zuhause. Nicht eine Ihrer stinkenden kleinen Zellen mit Stäben davor, das kommt für mich nicht in Frage.

BAGLEY Dafür verbürge ich mich persönlich.

FRAYNE Würde es Ihnen etwas ausmachen, den Kragen wieder anzulegen? Mit dem Kragen sind Sie mir lieber.

Bagley legt wortlos den Kragen wieder um. Währenddessen kommt das Hämmern näher.

FRAYNE Und Rosie Franklyn soll sofort auf freien Fuß gesetzt werden. Sie ist ganz und gar unschuldig, dafür stehe ich ein. Sagen Sie's Magee, ja? Lassen Sie sie gehen, ja? Sie hat ihm nichts bedeutet, überhaupt nichts. Ein Strohfeuer. Mein Leben gegen das ihre — okay?

Die einzige Möglichkeit. Fairness unter Gegnern, verstehen Sie, was ich meine?

Bagley hat die Zeitschrift weggelegt und ein Notizbuch geöffnet, in das er schreibt.

FRAYNE   Ich hatte nie ein Mädchen wie Rosie. Ich führe das größtenteils auf meine verklemmte Jugend zurück. Bis zu einem gewissen Grad mache ich meinen Vater dafür verantwortlich. Ich sehe sie manchmal vor mir, wie sie gewesen sein müssen, an Stelle von Mrs. Partridge ... Kennen Sie diese Filme, die es im Cinephone gibt. Da kam ein Mädchen vor, nennen Sie sie Rosie, wenn Sie wollen, die im Morgenrock am Feuer sitzt und in die Flammen sieht, und der Junge — dieser Bursche, mit dem sie zusammen war, es war sein Haus oder das seines Vaters, und sie waren zusammen draußen im Wald gewesen —, und dieser Junge nahm den Morgenrock, den sie trug, und zog ihn einfach über ihren Rücken herunter. Ich würde sagen, er führte ihn, lockte ihn eher über ihren Rücken. Sie haben noch nie etwas so vollkommen Schönes gesehen. Ich meine *Haut*. Ein Mädchen liebkosen, das habe ich mir gewünscht.

Ich bin nicht auf ihn neidisch. Bestimmt nicht. Nein.

Aber das mit dem Jungen hätte er nicht machen dürfen, da stimme ich Ihnen zu. Das ist böswilliges Verlassen. Deshalb sehe ich mich gezwungen, entschlossen bei ihm vorzugehen. Man kann einen Menschen, ein Kind nicht einfach *verlassen*. Das ist durchaus eine asoziale Handlung, ich kann mir nicht helfen, jawohl. Tut mir leid, Charlie, tut mir sehr leid. Was du nicht willst, daß man dir tu, das füg auch keinem andern zu. Wir sind schließlich in England und nicht in Rußland, das ist immerhin ein *Unterschied*.

BAGLEY Ich habe Ihnen einen Vorschlag zu machen, Frayne. Im Namen von J. R. Magee.

FRAYNE Dem Stellvertretenden Unterstaatssekretär. O ja. Ich kenne ihn gut, jedenfalls dem Namen nach.

BAGLEY Er möchte Sie für uns gewinnen.

FRAYNE Das wäre mir selbstverständlich ein Vergnügen. Vorausgesetzt, die Bedingungen sind entsprechend.

BAGLEY Aber ja.

FRAYNE Und meine Pensionsansprüche müßten übernommen werden.

Der Zug setzt sich wieder in Bewegung, fährt im Schneckentempo.

BAGLEY Zwei Dokumente müssen von Ihnen unterschrieben werden. Das eine ist Ihre Erklärung über Ihre Verbindung mit Charlie. Das andere ist das Antragsformular für Ihre Aufnahme. Sie gehören ab sofort zu uns, wenn Sie Ihre Zunge im Zaum halten.

Schemenhaft haben sich auf beiden Seiten der Bühne Männer versammelt. Es sind die Regenmäntel-Männer, die dicht gedrängt im Gang darauf war-

ten, Frayne mitzunehmen. Draußen gleiten Lichter vorüber.

FRAYNE Darf ich noch etwas sagen, bevor ich unterschreibe?

BAGLEY Sicherlich.

FRAYNE Ich würde Magee gern darauf aufmerksam machen — das können Sie vielleicht noch hinzusetzen —, daß die Mittel und Wege, mit denen heute ein Mann dazu verführt wird, unser Vaterland zu verraten, fast die gleichen sind wie die Methoden, mit denen normalerweise ein Geständnis erpreßt werden kann.

BAGLEY *Schreibend:* Ich habe es notiert. Wir machen einen Nachtrag. Ich lese ihn Ihnen gleich noch einmal zur Abstimmung vor, dann müssen Sie unterschreiben.

FRAYNE Ich verhandle nur mit den entscheidenden Leuten.

BAGLEY Magee gehört zu den entscheidenden Leuten.

FRAYNE *Schließlich:* Ich habe mir ziemlich viel Gedanken darüber gemacht, wie er wohl sein mag, dieser Magee. Ich könnte mir vorstellen, er ist mehr so der Typ des Obersten. Der ruhige Pfeifenraucher. Mit Landsitz und Wohnung in der Stadt.

BAGLEY Die beiden Dokumente werden zusammen vorgelegt. Das erste ist gleichzeitig der rechtsgültige Beleg für Ihre vorangegangene Tätigkeit und die Unterlage für die Festset-

zung Ihrer Dienstjahre. Im Fall einer sachverwandten Tätigkeit können wir leider nur sechs Monate pro Jahr anrechnen.
FRAYNE Das ist hart. Sehr hart.
BAGLEY Würden Sie dann hier bitte unterschreiben. Und hier noch mal. Ich werde Ihre Unterschrift bezeugen. So.
Wie ein Notar: Und hier bitte zwischen den Bleistiftkreuzen Ihre Initialen.
FRAYNE Hier steht ja nichts. Das ist ein leeres Blatt Papier.
BAGLEY Nein, es ist vollgeschrieben. Sie werden zu gegebener Zeit noch lernen, es zu lesen.
Frayne schüttelt verwirrt den Kopf, unterschreibt. Der Zug bleibt stehen.
BAGLEY Ihre Anstellung wird auf den Beginn dieser Reise zurückdatiert. Sie können ab zweiundzwanzig Uhr heute abend Taggeld beanspruchen. Würden Sie mir jetzt Ihre Pistole geben?
Frayne händigt ihm seine Pistole aus.
BAGLEY Sie hatten auch eine Kamera, nicht wahr?
Frayne holt seine Aktentasche aus dem Netz, öffnet den Waschbeutel, nimmt eine Haarbürste heraus, entfernt die Rückseite der Bürste und holt eine Minox-Kamera heraus, die er Bagley in die bereitgehaltene Hand legt..
BAGLEY Ist ein Film darin?
FRAYNE Sogar belichtet.

BAGLEY Ich werde ihn bis morgen früh für Sie entwickeln lassen.
FRAYNE Sie müssen den Film an ihn weiterschicken.
BAGLEY Wir werden uns darum kümmern.
FRAYNE Das ist Solomons Aufgabe, nebenbei gesagt. Aber offengestanden würde ich mir eine Quittung von ihm geben lassen.
BAGLEY Wir werden es dem Kurier sagen. Übrigens ist es nur eine Minox, schon eine ordentliche Kamera, aber überall zu haben. Rosie hatte die gleiche.
Die Männer in den blauen Regenmänteln vor der Abteiltür sehen ausdruckslos zu.
BAGLEY Von nun an tragen Sie nur noch kleine Waffen, wenn und wie Sie vom Ministerium instruiert werden.
FRAYNE In Ordnung. Kann ich noch etwas sagen?
BAGLEY Sie hatten sicher für den Notfall eine feststehende Vereinbarung mit Charlie. Wie lautete die?
FRAYNE Das Saint-Simon Hotel in Paris. Ich sollte als Peter Appleby absteigen und auf eine Klein-Anzeige in der Herald Tribune warten. »Gärtner gesucht, ein Hektar in Orly, Unterkunft und volle Verpflegung, großer Hund, Tennisplatz.«
BAGLEY Sie sollten mit falschem Paß reisen?
FRAYNE Charlie wollte ihn mir schicken.

BAGLEY Wohin?
FRAYNE Per Adresse Schreibwarenhandlung Cooks. In neutralem Kuvert. Ich dachte, das wüßten Sie. *Schweigen.* Bagley.
BAGLEY Mm?
FRAYNE Er hat sich abgesetzt, nicht wahr? All das, was ich Ihnen erzählt habe, war nicht neu für Sie? *Schweigen.* Ich habe ihn nicht wirklich getötet, oder?
BAGLEY *Er packt die Reste des Picknicks zusammen:* Jeder von uns kennt immer nur einen Teil. Nie alles. Damit muß man sich abfinden. Aber was wollten Sie sagen?
FRAYNE Ich freue mich auf die Zusammenarbeit mit Ihnen. Ich bewundere Sie, ich liebe Sie. Ich möchte, daß Sie blühen und gedeihen wie eine Pflanze, die ich heute gepflanzt habe. Viel Glück für Sie. Mir wäre es lieb, wenn Sie mein Geständnis als ein Vermächtnis betrachteten. Etwas, das ich den Nachkommenden hinterlasse. Gott segne sie alle, Sie auch. Es war ein guter und ein fairer Kampf. Ich werde Ihnen gute Noten geben, wenn ich Magee treffe. Paul.
BAGLEY Ja. *Er zieht die Notbremse.*
FRAYNE Das stimmte doch, was Sie von Ihrem Vater erzählt haben: er ist wirklich in Frankreich gefallen?
Die Frage ist noch nicht beantwortet, als von draußen am Zug entlang Hammerschläge zu hören sind

und dazu lauter und lauter werdend die Stimme des Schaffners.
SCHAFFNER Edinburgh, Edinburgh, Edinburgh. *Wieder leiser werdend:* Edinburgh, Edinburgh. Edinburgh. Edinburgh.
Während Frayne sich in stummer Panik umsieht, betreten dunkle Männer das Abteil und nehmen ihn fest.

Draußen auf dem Bahnsteig des Edinburgher Bahnhofs

Der stumme Frayne wird unsanft in einen bereitstehenden Kastenwagen befördert. Der Wagen ist nicht gestrichen, trägt nur die Aufschrift ›Abfall‹. Auf dem Bahnsteig hat sich nichts geändert. Der Nachtexpreß steht zur Abfahrt bereit. Dasselbe Liebespaar, dieselben Schulkinder, dieselben Schlafwagenschaffner, derselbe Beamte an der Sperre — alle warten gelangweilt auf den Abfahrtspfiff. Der Kastenwagen fährt zwischen den alten Arkadenbögen des Bahnhofs davon. Nur Bagley, jung und neugierig, sieht ihm nach.

John le Carré

»Der Meister des Agentenromans«
DIE ZEIT

Perfekt konstruierte Thriller, spannend und mit äußerster Präzision erzählt.

Eine Art Held
Roman, 01/6565

Der wachsame Träumer
Roman, 01/6679

Dame, König, As, Spion
Roman, 01/6785

Ein blendender Spion
Roman, 01/7762

Krieg im Spiegel
Roman, 01/7836

Schatten von gestern
Roman, 01/7921

Ein Mord erster Klasse
Roman, 01/8052

Eine kleine Stadt in Deutschland
Roman, 01/8155

Der Spion, der aus der Kälte kam
Roman, 01/8121

Das Rußlandhaus
Roman, 01/8240

Wilhelm Heyne Verlag München

ALISTAIR MACLEAN

*Der Großmeister
der Spannungs-
literatur mit
Niveau*

01/956

01/5148

01/685

01/5192

01/5245

01/6515

01/6144

CRAIG THOMAS

»Einer unserer vollendeten Spannungs-
autoren auf der Höhe seines Könnens.
Craig Thomas ist wahnsinnig gut.«
The Literary Review

01/8335   01/6954   01/7792

Darüber hinaus sind als Heyne-Taschenbücher
erschienen:
»Jade-Tiger« (01/6210), »Wolfsjagd« (01/6312),
»Firefox« (01/6132), »Schneefalke« (01/6408), »See-
Leopard« (01/6496), »Firefox down« (01/6570),
»Der Fuchs« (01/6932).

Wilhelm Heyne Verlag München

ROBERT LUDLUM

Die Superthriller von Amerikas Erfolgsautor Nummer 1

01/6265

01/6577

01/6744

01/6941

01/7705

01/7876

01/8082

BLAUE REIHE

Krimis die echtes Lesevergnügen bieten. Große Autoren, viel Spannung und Action, mörderische Geschichten

JOHN D. MacDONALD
Die Inselhaie
Kriminalroman

02/2347

LES ROBERTS
Schlangenöl
Kriminalroman

02/2348

JOHN & JOYCE CORRINGTON
Das Desire-Projekt
Polizei-Thriller

02/2349

Jetzt als Film von Dennis Hopper
CHARLES WILLIAMS
The Hot Spot
Spiel mit dem Feuer
Kriminalroman

02/2350

LIA MATERA
Der aufrechte Gang
Ein Laura Di Palma-Kriminalroman

02/2351

JOHN D. MacDONALD
An einem Sonntag
Kriminalroman

02/2352

JOHN LUTZ
Tödliche Steine
Kriminalroman

02/2355

UWE FRIESEL
HERAUSGEBER
Das Syndikat
Die besten deutschen Kriminalstories

02/2356

John le Carré
Ein guter Soldat

Titel der Originalausgabe: *The Unbearable Peace*
Aus dem Englischen von Werner Schmitz

KiWi 247
Mit zahlreichen Abbildungen

Die Schweizer Presse nannte ihn den »Verräter des Jahrhunderts« und der Schweizer Bundespräsident verlangte noch während des Prozesses nach der »ganzen Härte des Gesetzes«. Jean-Louis Jeanmaire, Brigadier der Schweizer Armee, wurde 1976 wegen Landesverrats zu 18 Jahren Haft verurteilt.

John le Carré rollt in einer spannend zu lesenden Reportage eine ungewöhnliche Spionageaffäre in der Schweiz auf und stellt die Frage, ob der »Verräter des Jahrhunderts« nicht nur ein kleiner Spion war, der für einen großen Spion ins Gefängnis mußte.

KiWi Paperbackreihe bei Kiepenheuer & Witsch